Der alte Kommissar

Juergen von Rehberg

Der alte Kommissar

Barsch wallonische Art

Bibliografische Information der Deutschen National-bibliothek:
Die Deutsche Nationalbibliothek verzeichnet diese Publikation in der Deutschen Nationalbibliografie; detaillierte bibliografische Daten sind im Internet über http://dnb.dnb.de abrufbar.

Verlag: BoD · Books on Demand GmbH,
In de Tarpen 42, 22848 Norderstedt
Druck: Libri Plureos GmbH, Friedensallee 273,
22763 Hamburg

ISBN: *978-3-**7693-0648-4***

Er hatte mit seinem Berufsleben abgeschlossen. So zumindest dachte er noch bis vor ein paar Tagen. Dabei hatte er seiner Ehefrau Alice fest versprochen, seinen Ruhestand gemeinsam mit ihr zu genießen. Damit waren Wanderungen in den Ardennen, Urlaube an Nord- und Ostsee sowie Besuche der Nachbarländer geplant. Alles Dinge, für die über viele Jahre Polizeidienst keine Zeit war.

Fast über vierzig Jahre – so lange waren sie schon verheiratet – musste Alice Bertrand die Liebe ihres Mannes mit der Police Fédérale[1] teilen.

Lucien Bertrand, von Kollegen und Freunden „Luc" genannt, hatte es bis zum Commissair divisionnaire de police (CDP)[2] gebracht, und man kann sagen, er ging völlig auf in seinem Beruf.

Seine Pensionierung empfand Lucien mehr als eine Bestrafung, denn als eine Belohnung für viele Jahre treu geleistete Dienste an Staat und Gesellschaft.

Und als ihm bei der Verabschiedung seitens der Kollegen eine nigelnagelneue Angelausrüstung geschenkt wurde, reichte es gerade einmal für ein mühsam erbrachtes Lächeln, obwohl Lucien ein begeisterter Angler war.

Selbst die Verleihung der „Médaille d`honneur de la Police nationale" reichte nicht aus, um Lucien in Begeisterung zu versetzen.

---

[1] *Belgische Polizei*
[2] *Polizeihauptkommissar*

Aber mit einem Schlag machte Lucien Bertrands Leben wieder Sinn. Kein Geringerer als der „Commissair général"[3], Lars Peeters, hatte ihn kontaktiert und um Hilfe gebeten.

Es ging um die Entführung der kleinen Louise, Tochter von Gabriel und Emma Wouters. Der Name „Wouters" stand für „Meditecnique Belgique Wouters (MBW) " in Brüssel, und war ein über die Landesgrenze hinaus bekanntes Unternehmen für medizinische Geräte.

Gabriel Wouters Beziehungen gingen bis ganz hinauf zu Regierungskreisen, und so kam die Kontaktaufnahme über Lars Peeters zustande.

Der Generalkommissar und Lucien kannten sich schon über viele Jahre und zwischen den Männern war eine Freundschaft entstanden. Sie teilten ein gemeinsames Hobby, nämlich das Angeln.

So saßen sie manchmal an der Maas, um nach großen Barschen, dicken Hechten, schweren Karpfen und großen Welsen zu jagen.

Und in diesem Augenblick saßen sie wieder gemeinsam am Fluss.

Die Maas (lateinische „Mosa") ist etwa 874 km lang und durchfließt Frankreich, Belgien und die Niederlande. Sie ist zudem der weitaus längste Nebenfluss des Rheins, und sie ist Namenspatin der Mosel.

---

[3] *Generalkommissar*

Lateinisch heißt die Mosel „Mosella“, was so viel wie „Kleine Maas“ bedeutet.

Huy, die Heimat von Lucien, ist eine kleine Stadt von ca. 20.000 Einwohnern und liegt direkt an der Maas. Die Zitadelle von Huy diente im Zweiten Weltkrieg den deutschen Besatzern als Internierungslager.

Sie beherbergt seit 1976 das „Museum des Widerstands und der Konzentrationslager“. Huy war außerdem mehrmaliger Etappen-Standort der „Tour de France“ und 2015 sogar Zielort einer Etappe.

„Es ist schön, wieder einmal mit dir die Angel auszuwerfen, lieber Freund.“

Lucien wandte seinen Kopf zu Lars Peeters und lächelte.

„Wir hätten das früher viel öfter machen sollen. Es hat erst einen traurigen Anlass gebraucht, um wieder hier gemeinsam zu sitzen. Ich meine die Entführung des kleinen Mädchens.“

Lars nickte zustimmend mit dem Kopf.

Nach einer kurzen Weile fuhr Lucien fort:

„Ich habe das gehört von Miriam und dir. Es tut mir leid, alter Freund.“

Lars zuckte mit den Schultern, dann sagte er:

„Es ist der Beruf, Luc. Er ist nicht beziehungs-kompatibel."

Lucien lächelte. Er wunderte sich über die etwas außergewöhnliche Wortwahl. Es war die Sprache der Jugend, der sich Lucien verschlossen hatte. Das war nicht so sein Ding. Oldschool eben.

Lars war doch etliche Jahre jünger als Lucien.

„Wieso war das für dich und Alice nie ein Problem?", fragte Lars und sah Lucien erwartungsvoll dabei an.

„Ich weiß es gar nicht", erwiderte Lucien, *„wahrscheinlich hatte ich nur Glück."*

Lucien hätte auch antworten können, dass ihrer beider Ehefrauen verschieden wären wie Tag und Nacht.

Alice war ein Kind vom Land, ebenso wie Lucien. Sie war eines von sechs Geschwistern und Ihre Wertigkeiten stammten noch aus einer anderen Zeit, und der liebe Gott spielte eine nicht unwesentliche Rolle in ihrem Leben.

Ganz anders hingegen Miriam, die Ehefrau von Lars: einziges Kind reicher Eltern aus der Hauptstadt. Als sie durch die Heirat mit Lars in die Provinz Liège zog, deren Einwohnerzahl noch kleiner ist als die von Brüssel, empfand sie das nicht gerade als „hip".

Und bedingt durch den Beruf und die viele Abwesenheit von Lars, vertrieb sich Miriam sehr schnell die Zeit im Umfeld einer Clique, bestehend aus Schnöseln und gelangweilten Mädchen besserer Kreise.

„Du hast einen Biss!"

Lucien war froh, als er von Lars darauf aufmerksam gemacht wurde, befreite es ihn doch von dem unangenehmen Thema „Partnerschaft".

„Das muss ein ordentlicher Brocken sein", sagte Lucien, *„halte bitte den Kescher[4] bereit."*

Wenig später zappelte ein Barsch von beachtlicher Größe im Netz.

„Den wird uns Alice zubereiten Und dazu ein Glas Pinot gris.

Aber jetzt erzähle mir bitte, warum man dich geschickt hat. Bestimmt nicht zum Angeln…"

*****

Als Alice Bertrand die Auflaufform mit dem Barsch auf den Tisch stellte, ging ein Leuchten über das Gesicht von Lars Peeters.

---

[4] *Netz zum Aufnehmen eines gefangenen Fisches*

„Du bereitest noch immer den besten Fisch zu, liebe Alice."

„Spare dir das Gesülze, Lars", erwiderte Alice, *„was ist das für eine Freundschaft, die dich nur zu uns treibt, wenn dir irgendetwas auf der Seele brennt?"*

So harsch die Worte zu klingen schienen, so wenig waren sie böse gemeint. Schließlich kannten sich Alice und Lars fast ebenso lange wie Alice und Lucien.

Sie hatten fast zur gleichen Zeit geheiratet und anfänglich auch viel Zeit gemeinsam verbracht. Doch Miriam hatte sich schon bald ausgeklinkt. Die Freundschaft zu Alice und Lucien war ihr einfach zu bieder.

„Warum sagst du das, Alice? Du tust mir unrecht. Mein Kompliment kommt aus reinem Herzen."

Die Worte von Lars wurden von einem einnehmenden Lächeln begleitet, und Alice ließ sich davon anstecken.

„Du bist und bleibst ein Schlitzohr, Lars", sagte Alice, *„aber jetzt lasst euch euren Fisch gut schmecken. Ich muss wieder in die Küche; ich habe noch zu tun."*

Mit diesen Worten verließ sie die beiden Männer, um ihnen Gelegenheit zu geben, sich ungestört unterhalten zu können.

„Deine Alice ist ein Schatz", sagte Lars und Luci-en erwiderte:

„Ja, ich weiß."

*****

Barsch wallonische Art

Zutaten:

1 großer Barsch
350 g Brokkoli
50 g gemahlene Mandeln
1 EL Rapsöl
1 EL Butterschmalz
1 EL geschmolzene Butter
1 EL Zitronensaft
Salz und Pfeffer

Zubereitung:

Die gemahlenen Mandeln ohne Fett in einer beschich-teten Pfanne rösten und zur Seite stellen.

In derselben Pfanne den gewaschenen, noch nassen und in Röschen zerteilten Brokkoli trocken braten, dann das Öl dazugeben und ca. 10 Minuten wei-ter braten. Den Brokkoli mit Salz und Pfeffer würzen und in eine Auflaufform geben, dann mit der Hälfte der gerösteten Mandeln bestreuen. In der Mitte etwas Platz lassen.

Den Flussbarsch mit dem Zitronensaft beträufeln, salzen und pfeffern und ebenfalls in derselben Pfanne im Butterschmalz kurz braten. Dann den Fisch zwischen die Brokkoliröschen in die Auflaufform setzen und mit den restlichen gerösteten Mandeln bestreuen.

Den Auflauf bei 160 Grad Umluft im Backofen ca. 20 Minuten, je nach Größe des Fischs, gar ziehen lassen.

Das Gericht mit der geschmolzenen Butter servieren. Dazu passen auch gut Salzkartoffeln.

*****

„Ich habe dir eine Kopie der Akte mitgebracht."

Mit diesen Worten eröffnete der Commissaire général seinem Freund den genauen Grund seines Besuches.

Als Lucien ihn beim Angeln darum gebeten hatte, verweigerte sich Lars mit den Worten:

„Wir reden später darüber. Ich möchte nicht den Zauber des Augenblicks zerstören. Ich habe die wenigen, gemeinsamen Angelpartien mit dir immer sehr genossen. Und so ist es auch heute. Ich hoffe, du verstehst das, mein Freund."

Lucien nickte. Es erging ihm ganz ähnlich.

14

Aber jetzt war es an der Zeit, über den wahren Grund von Lars` Besuch zu reden.

„Ich werde die Akte später in aller Ruhe lesen. Schildere mir jetzt mit deinen Worten, was passiert ist."

Und Lars erzählte seinem alten Freund von einem abscheulichen Verbrechen:

Louise, die 16-jährige Tochter von Gabriel und Emma Wouters, war entführt worden.

Der oder die Täter verlangten ein Lösegeld in Höhe von 20 Millionen Euro.

Als Beweis wurde ein Bild geschickt, auf welchem Louise eine Tageszeitung vor ihrem Körper hielt.

Bei Einschaltung der Polizei würde Louise getötet werden.

Lars sah seinen Freund eindringlich an.

„Es ist dir ja wohl bewusst, um wen es bei den Eltern von Louise geht und welchen Einfluss die haben. Er reicht bis ganz oben."

„Das ist mir ganz egal und das weißt du", erwiderte Lucien. *„Also komm mir nicht so."*

Der Tonfall war leicht gereizt, und Lars versuchte zu beschwichtigten.

„Natürlich, Luc. Das weiß ich doch. Aber denk an das arme Mädchen. Stell dir vor, es wäre deine Tochter."

In diesem Augenblick hatte sich Lars auf ein Minenfeld begeben. Er bemerkte es auch sofort, als er in Luciens Gesicht sah.

Marie, die Tochter von Lucien und Alice, war als Achtjährige von einem betrunkenen Autofahrer überfahren und getötet worden.

„Dass du dich nicht schämst", polterte Lucien los. Er war aufgesprungen und hielt sich mit beiden Händen an der Tischkante fest. *„Du kommst hierher, bittest mich um einen Gefallen und verletzt das Andenken meiner Tochter. Verschwinde auf der Stelle und komm nie wieder hierher!"*

„Was ist denn los?"

Alice war herbeigeeilt, alarmiert durch die laute Stimme ihres Mannes.

„Begleite diesen Herrn bei der Tür hinaus. Er ist hier nicht willkommen."

„Lucien Bertrand. Setz dich nieder und beruhige dich augenblicklich!"

Alice fixierte Lucien mit einem festen Blick und unterstrich ihre Aufforderung mit einer entsprechenden Geste ihrer rechten Hand.

Und Lucien Bertrand, trotz seiner dreiundsechzig Jahre noch immer von einer stattlichen Figur, befolgte die Anordnung seiner Ehefrau wie ein kleines Hündchen.

Alice wandte sich an Lars und sagte:

„Was hat meinen Lucien so aufgebracht, dass er seine guten Manieren vergessen hat?"

Lucien wollte anstelle von Lars antworten; aber ein strenger Blick von Alice hieß ihn augenblicklich wieder verstummen.

„Ich habe ihm nur von der Entführung eines kleinen Mädchens erzählt", kam nun zögerlich die Antwort von Lars.

„Und was noch?"

Lars sah in den fordernden Gesichtsausdruck von Alice und fügte dann kleinlaut hinzu:

„Und dann noch etwas von Marie…"

„Aha", kam der erleuchtete Kommentar von Alice. *„Die ewig blutende und nie versiegen wollende Wunde eines alten Mannes, der noch immer mit dem Schicksal hadert."*

Lucien hatte zu weinen begonnen.

„Es tut noch immer so weh."

„Ich weiß, mein Alter", sagte Alice und nahm ihren Mann liebevoll in den Arm. *„Auch ich muss immer wieder einmal an unser Kind denken. Aber im Gegensatz zu dir, erfreue ich mich an den vielen schönen Erinnerungen, die wir hatten, als sie noch bei uns war. Und nicht an einen schweren Schicksalsschlag, so wie du das machst und dich unnötig damit quälst.*

Und meinen lieben Freund Lars lässt du gefälig in Ruhe, du alter Brummbär. Hier wird niemand hinausgeworfen. Sei froh, dass du so einen lieben Freund hast. Und jetzt gibst du ihm deine Hand und dann trinken wir ein Glas zusammen.

Hole den „Amuerte Coca Leaf Gin"[5], *den sie dir bei deiner Verabschiedung geschenkt haben. Ich mag zwar keinen Gin; aber heute mache ich einmal eine Ausnahme, weil wir auf unsere Freundschaft anstoßen wollen.*

Und jetzt lächle wieder! Dein griesgrämiges Gesicht ist ja nicht zum Anschauen."

Lucien versuchte, dagegen anzugehen, vermochte aber nicht standzuhalten. Das Lächeln seiner Alice war eine zu starke Waffe.

---

[5] *Ein Gin aus peruanischen Koka-Blätter, Drachenfrüchten, Baumtomaten (Tamarillos) und peruanischen Physalis.* .

Und dann wich aller Groll gegen den Freund und ein Lächeln eroberte Luciens Gesicht. Er reichte Lars die Hand und sagte:

„Es tut mir leid; bitte, verzeih!"

Lars nahm die Hand und drückte sie mit aller Kraft.

„Mir tut es genauso leid, Lucien; bitte entschuldige auch du."

Die beiden Freunde umarmten sich und Alice sah es mit großer Freude.

„Genug geschmust, ihr Schwuchteln. Hol jetzt endlich den Gin!"

Es war ihre Direktheit, aber immer eingewoben in Ehrlichkeit und Respekt, welche von beiden Männern gleichermaßen bewundert wurde.

Alice hatte es fertiggebracht, dass eine mit Blitz und Donner erfüllte Situation sich im Handumdrehen in Harmonie verwandelt hatte. Das war nicht Können, es war eine Gabe, die ihr in die Wiege gelegt worden war…

*****

Die Wiedersehensfreude war groß, als Lucien in der „DGJ"[6] auftauchte. Lars hatte bewusst nichts gesagt. Es sollte eine Überraschung werden.

„Hallo, Luc! Das ist aber schön, dass du uns besuchen kommst. Hast wohl Sehnsucht nach uns."

Juliette Renard, zwischenzeitlich zum CP[7] avanciert, fiel Lucien um den Hals.

„Bist du nicht langsam zu alt für den Mist?", erwiderte Lucien und küsste Juliette auf die Wange.

Juliette überging die Bemerkung und sagte stattdessen.

„Ist es dir zu langweilig oder hat dich Alice endlich rausgeschmissen?"

Es war, als wäre Julien nie weggewesen. Die kleinen Wort-Plänkeleien gehörten früher zum Alltag der beiden Ermittler, und waren zu keiner Zeit böse gemeint.

„Du bist die Karriereleiter ein Stück hinaufgestiegen, wie ich an dem Namensschild an deiner Tür gesehen habe."

„Deine Augen sind noch immer so scharf wie früher, alter Mann", erwiderte Juliette.

---

[6] *Direction générale de la police judiciaire*
[7] *Kommissar*

„Sei nicht so frech, du Rotznase."

Ein junger Mann war die ganze Zeit über daneben gestanden und wunderte sich sehr über das, was da gerade geschah.

Lucien sah ihn eindringlich an und fragte dann?

„Und wer bist du, wenn man fragen darf?"

Der junge Mann war überrascht, dass ihn der Fremde so einfach duzte.

„Das ist ACP Mathéo Leclercq, frisch von der Akademie und mein neuer Kollege."

Juliette hatte die Beantwortung für Mathéo übernommen und stellte nun ihrerseits den Besucher vor.

„Das ist CDP Lucien Bertrand, bis vor Kurzem noch mein Chef. Bekannt auch als Luc der Vollstrecker."

Das mit dem „Vollstrecker" hatte Juliette soeben erfunden. Es machte aber mächtig Eindruck auf den jungen Kollegen.

„Nenne ihn aber niemals Luc. Dieses Privileg musst du dir erst verdienen."

„Es reicht, Juliette", bremst Lucien den Redeschwall von Juliette ein. *„Sonst machst du dem jungen Kerl noch Angst."*

„Das ist gar nicht möglich, mein Held und Vorbild", legte Juliette nach, „du bist schließlich nicht mehr aktiv. Du bist nur noch ein zahnloser Tiger, der im Käfig sitzt und auf sein Fresschen wartet."

In diesem Moment betrat Gabriel De Smet den Raum, seines Zeichens Procureur du Roi[8], und trat Lucien freudig entgegen.

„Bonjour M. Bertrand. Ich freue mich, dass der Commissaire général Sie für unsere Sache gewinnen konnte.

Kommen Sie und CP Renard bitte gleich mit in mein Büro."

Der Staatsanwalt ging voraus, gefolgt von Lucien und einer äußerst erstaunten Juliette. Zurück blieb der junge Aspirant, der so gar nichts verstanden hatte…

*****

„Es ist Ihnen doch klar, dass Sie die Ermittlung nicht leiten können. Zumindest nicht offiziell."

Gabriel De Smets Blick ging zuerst zu Lucien und wanderte dann zu Juliette weiter. Dann wandte er sich wieder an Lucien.

---

[8] *Staatsanwalt*

„In Absprache mit dem Commissaire général und mit dem Segen vom Innenminister, haben wir beschlossen, dass Sie in beratender Funktion an der Ermittlung teilnehmen. Ich hoffe, Sie können damit umgehen."

„Alles ist mir recht, was zur Lösung des Falls beiträgt. Sie können sich ganz auf mich verlassen, Monsieur Procureur."

Lucien hatte geantwortet, ohne auch nur einen Augenblick darüber nachdenken zu müssen. Die Situation war ihm völlig klar, und die Lösung des Zuständigkeitsproblems lag auf der Hand.

„Ich habe nichts anderes von Ihnen erwartet, Lucien, und ich danke Ihnen, auch namens der Familie Wouters."

Juliette hatte die Unterhaltung der beiden Männer mit großem Interesse und noch mehr Erstaunen verfolgt. Sie war gerade dabei, ihre Gedanken zu ordnen, als der Staatsanwalt sich an sie wandte.

„CP Renard, können Sie damit umgehen, dass Ihr früherer Chef, Lucien Bertrand, die Leitung der Ermittlung übernimmt, obwohl Sie ursprünglich damit betraut wurden?"

„Das ist überhaupt kein Problem, Monsieur le Procureur", antwortete Juliette, und schickte zur Bekräftigung ein bejahendes Kopfnicken in Richtung Lucien.

„Dann ist soweit alles klar. Ich danke Ihnen beiden und wünsche Ihnen viel Erfolg. Und wenn Sie in irgendeiner Form Hilfe von mir brauchen, zögern Sie nicht, mich zu kontaktieren.

Gehen Sie aber bitte behutsam vor und halten Sie mich auf dem Laufenden.“

*****

Léa Berlioz, Commissaire de police und IT-Spezialistin, ob ihrer Fähigkeit, Dinge im Netz auszuspüren, von Lucien „Toutou“[9] genannt, vervollständigte das kleine Ermittlerteam.

„Ich bin sehr froh, wieder bei euch zu sein.“

Léa strahlte über das ganze Gesicht, als sie das sagte und fügte hinzu:

„Ich wäre fast umgekommen vor lauter Langeweile.“

„Wieso das?“, fragte Lucien, *„in welcher Abteilung bist du denn?“*

„Bei der Sitte“, antwortete Léa, *„nur Nutten und Luden; das nervt.“*

---

[9] *„Hündchen“*

24

„*Das wird aber nur ein vorübergehendes Gast-spiel*", erwiderte Lucien, „*wenn der Fall gelöst ist, musst zu wieder zurück zu deiner Truppe.*"

„*Aber wieso?*", fragte Léa verwundert, „*ich habe gedacht, dass du den Dienst wieder aufgenommen hast und dass wir wieder das alte Team wären.*"

„*Nein, Toutou*", sagte Lucien, „*man hat mich nur für diesen Fall zurückgeholt und eigentlich bin ich gar nicht wirklich hier. Ich führe praktisch ein Schat-tendasein. Ich fliege sozusagen unter dem Radar, wenn du verstehst, was ich meine.*"

Léa nickte und die Enttäuschung stand ihr ins Gesicht geschrieben.

„*Aber egal; ich freue mich, dass du uns helfen wirst, das Mädchen zu finden und zu befreien. Das wirst du doch tun, nicht wahr?*"

„*Das weißt du doch, Luc*", kam prompt die Antwort von Léa, „*du kannst dich auf mich verlassen.*"

„*Gutes Mädchen*", sagte Lucien und schickte Léa ein Lächeln.

„*Dann lasst uns einmal an die Arbeit gehen:*

Léa, du kümmerst dich um alles, was das Netz her-gibt. Ich brauche Firmeninterna, Finanzlage, Famili-enverhältnisse, Social-Media-Berichte über das Un-ternehmen.

Mathéo, du kümmerst dich ausschließlich um das Mädchen. Schule, Freundinnen, Postings auf allen bekannten Plattformen und was du sonst noch finden kannst.

Und ich werde mit Juliette der Familie Wouters einen Besuch abstatten.

Morgen Vormittag erwarte ich erste Ergebnisse."

*****

Die Villa Wouters war ein unübersehbares Dokument gelebten Wohlstands. Eingebettet in einen großen Park mit alten Bäumen, bot es Platz für mehr Personen, als tatsächlich dort wohnten.

Tennisplatz und Pool sowie eine Ansammlung diverser hochpreisiger Automobilen vervollkommneten das Ganze.

Das Anwesen war von einem hohen Zaun umgeben und bot ausreichend Schutz vor neugierigen Blicken.

Nachdem Juliette ihren Dienstausweis an die Kamera beim Eingang gehalten hatte, fuhr das schwere Eisentor zur Seite und ließ die beiden Ermittler passieren.

Ein schwarz-weiß gekleideter Butler öffnete die Eingangstür und bat die Besucher herein.

Er führte sie in den Salon, wo sie bereits von Gabriel und Emma Wouters erwartet wurden.

Juliette zeigte noch einmal ihren Dienstausweis vor und sagte:

„Mein Name ist Commissaire Juliette Renard, und ich leite die Ermittlung. Mein Begleiter ist Monsieur Lucien Bertrand, Commissair im Ruhestand. Er übt eine beratende Funktion aus. Dies geschieht auf ausdrücklichen Wunsch des Innenministers."

„Ich weiß, Madame Renard", erwiderte Gabriel Wouters, *„der Minister hat mir Monsieur Bertrand wärmstens empfohlen."*

Juliette und Lucien hegten ob dieser Bemerkung in diesem Augenblick wohl ähnliche Gefühle. Menschen mit Beziehungen strahlen selten Sympathie aus, vor allem, wenn sie dieses in einer überheblichen Art und Weise demonstrieren.

„Wir möchten Ihnen zunächst unser Bedauern und Mitgefühl ausdrücken, dass ihre Tochter entführt worden ist. Und wir werden alles daran setzen, dass sie wieder heil und unversehrt zu Ihnen zurückkehren wird."

Damit hatte Lucien den ersten Schritt auf dem Parkett gemacht, auf dem sie sich wohl längere Zeit bewegen werden würden. Und weiter:

„Dazu wird es nötig sein, dass wir Ihnen viele Fragen stellen, und dass Sie vollumfänglich mit uns kooperieren."

„Bitte, fragen Sie, was Sie wollen. Wir werden Sie in allem unterstützen."

Madame Wouters hatte geantwortet. Es war unübersehbar, dass Gabriel Wouters zwar ein Imperium leitete, dass Emma Wouters jedoch in der Familie das Sagen hatte.

„Vielen Dank, Madame. Bitte, schildern Sie uns den genauen Ablauf der Entführung."

Juliette hatte bemerkt, dass Lucien offenbar einen guten Draht zu Emma Wouters hatte und überließ ihm das Feld.

Madame bestätigte Juliettes Vermutung. Die Art, wie sie Lucien ansah, ließ Bewunderung erkennen. Lucien war in der Tat eine imposante Erscheinung. Durch seine vielen Aufenthalte beim Angeln am Wasser war er braun gebrannt und sein Körper hatte an Spannkraft nichts verloren, obwohl er nicht mehr aktiv im Dienst war.

Und dass Lucien charmant sein konnte, hatte Juliette mehr als einmal selber miterlebt.

„Darf ich Ihnen vielleicht etwas zu trinken anbieten, Monsieur Bertrand?"

„Dass ist sehr nett von Ihren, Madame; aber nein danke."

Lucien lächelte und Madame erwiderte. Gabriel Wouters verfolgte indes fast teilnahmslos das Geschehnis.

„Also wie war das mit Louise?", lenkte Lucien jetzt wieder das Gespräch in die richtige Bahn.

„Unser Schatz war wie immer in der Schule, und als Gaston sie nach der Schule abholen wollte, war sie nicht mehr da."

„Wer ist Gaston?", fragte Juliette und Madame Wouters antwortete:

„Gaston ist der Chauffeur. Und bevor Sie fragen, er ist völlig integer. Er war schon bei meinem Vater in Diensten."

Damit war auch klar, dass Gabriel eingeheiratet hatte und den Namen seiner Ehefrau trug.

Emma Wouters Worte hatten einen etwas aggressiven Unterton, als wolle sie damit ausdrücken, sie bevorzuge es, mit Lucien zu kommunizieren.

„Was ist danach geschehen, Madame?"

Lucien zog die Aufmerksamkeit von Emma Wouters wieder auf sich.

„Ich habe sofort Philippe losgeschickt, um die An-gelegenheit zu klären. Und bevor Sie fragen, Philippe ist mein Sekretär und absolut vertrauenswürdig."

Den Zusatz hatte Madame in Richtung Juliette ge-schickt, die sich gerade sehr wunderte, dass Emma Wouters das Verschwinden ihrer Tochter als „Ange-legenheit" bezeichnet hatte.

Ein wechselseitiger Blick zu Lucien ließ erkennen, dass er gerade dasselbe dachte.

„Philippe hat sofort recherchiert und in Erfahrung gebracht, dass ein Mann unsere Louise vor dem regu-lären Unterrichtsende unter irgendeinem falschen Vorwand abgeholt hat.

Er trug eine Livree wie unser Chauffeur und erreg-te dadurch keinen Verdacht.

Ich habe dann die Polizei informiert und den Rest kennen sie ja bereits."

Lucien machte die Kaltschnäuzigkeit von Madame Wouters zu schaffen und er musste sich sehr beherr-schen, sachlich zu bleiben.

Es war ihm völlig unverständlich, mit welcher Nonchalance eine Mutter über die Entführung ihres Kindes referierte.

Und Monsieur Wouters schwieg zu alledem.

„Ich möchte Sie dennoch bitten, uns über die Kontaktaufnahme durch den oder die Entführer zu berichten", sagte Lucien, worauf Madame sagte:

„Da kann Ihnen mein Gatte mehr sagen. Die Forderung ging schließlich an ihn."

„Wie soll ich das verstehen, Madame?", fragte Lucien.

„Nun, mit Gelddingen habe ich nichts zu tun; das langweilt mich. Gabriel ist der Maître de finance."

In Juliette krampfte sich alles zusammen. Ein unbändiger Hass stieg in ihr hoch. Was diese Frau gerade von sich gab, war unerträglich. Juliette musste dringend etwas sagen.

„Monsieur Wouters, bitte schildern Sie uns, wie die Kontaktaufnahme vor sich ging."

Gabriel Wouters wandte sich Juliette zu. In seinen Augen standen Tränen.

„Ein Bote brachte einen Brief in die Firma. In welchem stand, dass die Entführer ein Lösegeld forderten. Ein Foto von Louise war beigelegt, auf dem sie sehr unglücklich aussah."

Jetzt brach Gabriel Wouters in Tränen aus. Es machte ihm große Mühe, weiterzusprechen. Mit gebrochener Stimme sagte er:

„Bitte, bringen sie uns unsere Tochter zurück."

„Reiß dich zusammen, Gabriel!"

Madame machte keinen Hehl daraus, wie sehr sie ihren Gatten verachtete. Ihr Blick war ohne jedes Mitgefühl.

„Was glauben Sie, Madame, wer könnte hinter der Entführung stecken?"

Lucien riss das Gespräch wieder an sich, allein, um die Peinlichkeit von Gabriel Wouters zu nehmen.

„Jemand, der Geld braucht oder irgendein Spinner. Was weiß ich? Das herauszufinden sind doch Sie da; oder etwa nicht?"

Das Gespräch, das anfänglich gut zu verlaufen schien, war an einem Punkt angekommen, an dem eine Sinnlosigkeit zu erkennen war.

Lucien nickte Juliette zu und stand auf.

„Vielen Dank für Ihre Zeit, Madame und Monsieur. Wir werden uns zu gegebener Zeit nochmals bei Ihnen melden. Wir dürfen uns verabschieden."

„Ich hoffe, wir konnten Ihnen ein wenig helfen. Und wenn sich etwas Neues ergibt, dann geben Sie uns sofort Bescheid."

„Natürlich Madame. Au revoir!"

*****

Léa wartete mit einer großen Überraschung auf:

„Das Unternehmen „Meditecnique Belgique Wouters" steht auf recht wackligen Beinen."

„Wie kann das sein?", fragte Lucien und Juliette kam mit ihrer Antwort Léa zuvor:

„Lass mich raten, Madame ist spielsüchtig."

„Knapp daneben. Das mit der Spielsucht stimmt. Aber es ist Monsieur, der das Firmenvermögen verjuxt."

Juliette und Lucien waren gleichermaßen überrascht, als sie das hörten.

„Madame gibt ihr Geld für andere Dinge aus", sagte Léa mit einem süffisanten Lächeln.

„Spuck `s schon aus", erwiderte Lucien, *„was hast du noch gefunden?"*

„Ich bin auf ein Bild gestoßen, auf welchem der Chauffeur zu sehen ist, wie er Madame die Autotür aufhält."

„Und was ist da Besonderes zu sehen?", fragte jetzt Juliette.

„Sein Handgelenk", antwortete Léa lapidar.

„Übertreibe es nicht, Toutou", sagte Lucien in leicht gereiztem Tonfall.

„*Es geht um die Uhr, die er am Handgelenk trägt. Es ist eine <TAG Heuer Carrera>, und da bewegen wir uns schon im hohen vierstelligen Bereich.*"

„*Das ist mein Mädchen*", sagte Julien mit einem gewissen Stolz. „*Toutou schnüffelt wie ein Trüffelhund und findet alles. Bravo, Toutou!*"

„*Das heißt, der liebe Gaston ist der Toyboy*[10] *von Madame Wouters*", fügte Juliette hinzu.

„*So ist das wohl in besseren Kreisen.*"

Diese Bemerkung kam von Mathéo Leclerc, dem jüngsten Mitglied der Truppe. Es war ihm einfach ein Bedürfnis, sich auch einmal zu Wort zu melden.

Lucien lächelte und nickte dem jungen Kollegen zu.

„*Und was ist mit dir? Hast du auch schon etwas herausgefunden?*"

„*Nein, noch nicht*", erwiderte Mathéo verhalten, „*aber ich bin dran.*"

„*So ist es recht, Mathéo*", sagte Lucien, „*immer weiter so!*"

*****

---

[10] Ein *vergleichsweise jungen Mann, der mit einer deutlich älteren Frau ein mehr oder weniger festes Verhältnis pflegt.*

Befragung des Gaston Chirac

„Befragung des Gaston Chirac. Anwesend sind der zu Befragende, sowie CDP Bertrand und CP Renard.

CDP Bertrand:
„Monsieur Chirac, wie lange sind Sie schon in Diensten der Familie Wouters?"

Gaston Chirac:
„Schon über zwanzig Jahre, Monsieur Commissaire."

CDP Bertrand:
„Dann gehören Sie ja schon fast zur Familie."

Der Befragte lächelt gequält. Er fühlt sich sichtlich unwohl.

Gaston Chirac:
„So weit möchte ich nicht gehen."

CP Renard:
„Sie tragen heute gar nicht Ihre schöne Uhr."

Gaston Chirac:
„Was meinen Sie?"

CP Renard:
„Nun, die kostbare und sündteure <TAG Heuer Carrera>, die Sie sonst tragen."

Gaston zuckt zusammen. Seine Augen flackern unruhig hin und her. Er überlegt krampfhaft, wie er antworten soll. Juliette scheint es zu bemerken.

CP Renard:
„Versuchen Sie es erst gar nicht. Wir haben ein schönes Bild von Ihnen, auf dem das teure Stück zu sehen ist."

Gaston Chirac:
„Ach so; die meinen Sie."

Gaston bemüht sich, locker zu erscheinen. Es gelingt ihm nicht.

CP Renard:
„Das ist wohl ein Geschenk von Madame für treue Dienste, nehme ich an. Ich glaube kaum, dass Sie sich das teure Stück von Ihrem Gehalt als Chauffeur leisten könnten."

Gaston Chirac:
„Aber nein. Die habe ich beim Pokern gewonnen."

Lucien schaltet sich ein.

CDP Bertrand:
„Schluss mit dem Unsinn!
Haben Sie ein Verhältnis mit Madame Wouters? Und lügen Sie mich nicht an, sonst stecke ich Sie umgehend in eine Zelle."

Gaston Chirac versucht, dem Blick des Commissair auszuweichen, bleibt diesem jedoch fest verhaftet. Dann nickt er.

CDP Bertrand:
„Sie müssen es laut sagen, Gaston."

Gaston Chirac

„Ja, ich habe ein Verhältnis mit Madame Wouters und die Uhr war ein Geschenk von ihr."

Juliette kann sich ein Grinsen nicht verkneifen. Sie schaut bewundernd zu Lucien, dessen Mine unverändert ist. Sie fragt sich einmal mehr, wie der alte Fuchs das nur macht, dass Befragte manchmal mehr gestehen, als sie eigentlich mussten. So wie gerade eben die Sache mit der Uhr…

CDP Bertrand:

„Dann hätten wir das ja geklärt. Und jetzt schildern Sie uns, wie der Tag der Entführung von Louise abgelaufen ist."

Gaston Chirac

„Ich bin wie jeden Tag zum Zeitpunkt des Unterrichtsendes vor der Schule gestanden, um Louise abzuholen. Als ihre Mitschülerinnen schon alle das Gebäude verlassen hatten und Louise nicht dabei war, habe ich noch ein paar Minuten gewartet.

Dann bin ich ins Innere gegangen, um Louise zu suchen. Von ihrer Klassenlehrerin habe ich dann erfahren, dass Louise schon eine Stunde zuvor abgeholt worden war.

Angeblich von einem Mann, der eine Uniform trug, die der meinen ähnelt. Louise sei anstandslos mitgegangen."

CP Renard:

„Hat denn niemand Verdacht geschöpft?"

Gaston Chirac
„Nein. Der Mann gab sich als Urlaubsvertretung von mir aus. Und wie es schien, war er Louise vertraut."

CDP Bertrand:
„Soll das heißen, Louise kannte den Mann?"

Gaston Chirac
„Ja. So zumindest hat man mir das gesagt."

CDP Bertrand:
„Haben Sie einen Verdacht, wer der Mann sein könnte? Oder kennen Sie ihn vielleicht sogar?"

Gaston Chirac
„Nein!"

Gaston ist erregt.

„Ich habe keine Idee, wer das gewesen sein könnte. Ich liebe dieses Kind, seit es auf der Welt ist, und ich würde Louise niemals etwas antun."

CDP Bertrand:
„Sie können gehen, Monsieur Chirac; aber halten Sie sich zu unserer Verfügung. Wir werden Sie vielleicht noch einmal befragen müssen."

Gaston Chirac
„Vielen Dank, Madame et Monsieur Commissair."

Gaston Chirac verbeugt sich und verlässt den Raum.

*****

Nachdem Gaston gegangen war, fragte Juliette:

„Glaubst du ihm, was die Sache mit dem falschen Chauffeur betrifft?"

„Ja, ich glaube ihm", antwortete Lucien, *„seine Aufregung war nicht gespielt; sie war echt. Das Kind liegt ihm wirklich am Herzen."*

Juliette wunderte sich, dass Lucien die Bezeichnung „Kind" für eine schon fast erwachsene junge Frau verwendete und lächelte. Dann dachte sie kurz nach und sagte:

„Das würde ja heißen, dass Louise den falschen Chauffeur gekannt haben muss. Ich denke, eine Sechzehnjährige würde nicht bedenkenlos zu einem Wildfremden ins Auto steigen, zumal es ja nicht das Auto war, mit sie normalerweise abgeholt wird."

„Ich sehe das genauso wie du", erwiderte Lucien, *„und ich denke, wir sollten den Eltern noch einmal einen Besuch abstatten. Aber dieses Mal ohne Samthandschuhe."*

„Du weißt aber schon, was Le Procureur gesagt hat: behutsam vorgehen!"

„Natürlich Juliette", erwiderte Lucien, *„du kennst mich doch."*

„Eben...", sagte Juliette und lachte.

*****

Das Recherchieren von Mathéo hatte einiges zutage gebracht. Im großen Dschungel des World Wide Web bleibt nun einmal nichts verborgen. Und schon gar nicht, wenn eine Sechzehnjährige extrovertiert veranlagt ist.

Bilder bei diversen Events, in allen möglichen Outfits und mit verschiedenen Personen. Die gute Louise war eine typische Partymaus.

„Die junge Dame hat nichts anbrennen lassen", so der süffisante Kommentar von Mathéo, als er das Ergebnis seiner Bemühungen präsentierte.

„Gibt es auch Namen zu den männlichen Begleitpersonen auf den Bildern?", fragte Lucien.

„Eher nicht, Luc", antwortete Mathéo.

Lucien fixierte den jungen Kollegen mit seinem Blick und sagte dann:

„Für dich bin ich <Commissair>. Vielleicht irgendwann einmal <Lucien>; aber ganz sicher nicht <Luc>. Merk dir das. Und sieh zu, dass du Namen zu den Köpfen findest."

Mathéo zuckte zusammen. Mit so etwas hatte er nicht gerechnet. Sein Blick wanderte hilfesuchend zu Juliette.

Juliette lächelte und sagte: *„Ich hatte dich gewarnt…"*

*****

40

Befragung des Gabriel Wouters:

„Befragung des Gabriel Wouters. Anwesend sind der zu Befragende, sowie CDP Bertrand und CP Renard.

CDP Bertrand:
„Monsieur Wouters, Ihr Unternehmen hat finanzielle Schwierigkeiten. Ist das korrekt?

Gabriel Wouters:
„Bevor ich darauf antworte, möchte ich Ihnen sagen, dass ich froh bin, hier zu sein. Ich wollte sowieso zu Ihnen kommen und mit Ihnen sprechen.

Und ja, mein Unternehmen steckt in einer finanziellen Krise."

CDP Bertrand:
„Monsieur Wouters, sind Sie Spieler? Haben Sie Spielschulden?"

Gabriel Wouters:
„Ja."

Lucien ist ebenso überrascht wie Juliette, dass Gabriel Wouters die Frage ohne Umschweife beantwortet.

CDP Bertrand:
„Bei wem?"

Der Befragte wirkt ängstlich. Es scheint, als wolle er sich vor einer Antwort drücken.

CDP Bertrand:
„Wir bekommen es sowieso heraus; also sagen Sie schon, wer hat Sie in der Hand. "

Gabriel Wouters:
„Eine gewisse Firma <Cashflow> in Brüssel. "

Lucien weiß sofort, um wen es sich handelte. Er sieht Gabriel Wouters nur an und schüttelt den Kopf. Dann wendet er sich an Juliette und sagt: *„Guy Lambert, genannt <Le Requin>[11]. "*

CDP Bertrand:
„Wie viel schulden Sie dem Kerl? "

Gabriel Wouters:
"Fünfzigtausend. "

CDP Bertrand:
„Weiß Ihre Frau davon oder sonst irgendjemand? "

Gabriel Wouters:
„Nein. "

CP Renard:
„Hat sie Guy Lambert bedroht? "

Gabriel Wouters:
„Nein. Ich kenne den Mann überhaupt nicht. "

Lucien lächelt. Dann sagt er: *„Der Kerl macht sich die Hände nicht schmutzig. Dafür hat er seine Leute. "*

---

[11] *Der Hai*

42

Gabriel Wouters:
„Bitte, Monsieur Commissaire, sagen Sie meiner Frau nichts davon.“

CDP Bertrand:
„Das kann ich Ihnen nicht versprechen, Monsieur. Vielleicht wäre es sinnvoll, wenn Sie das selber machen würden. Sie können jetzt gehen.“

*****

Die Befragung von Gabriel Wouters hatte eine neue Perspektive eröffnet. Sollte Guy Lambert hinter der Entführung stecken?

Lucien war strikt gegen diese Annahme. Er kannte den Kredithai aus seiner aktiven Zeit als Polizist und er hatte gelegentlich auch mit ihm zu tun.

„Brachiale Unterhaltungen mit Schuldnern, gegebenenfalls ein paar Finger brechen, das passt zu den Geschäftsgepflogenheiten eines Guy Lambert. Aber junge Mädchen entführen und Erpressungen, nein!“, so Luciens Begründung.

„Hast du eine bessere Idee?“, fragte Juliette, die in Guy Lambert sehr wohl den potentiellen Täter sah.

„Da kommen einige infrage“, antwortete Lucien. *„Was ist zum Beispiel mit Madame? Die Liebe zu ihrer Tochter scheint mir nicht sehr stark ausgeprägt*

zu sein. Oder was ist mit dem Umfeld von Louise? Vielleicht ein durchgeknallter Bewunderer?"

„*Das ist doch Unsinn, Luc*", erwiderte Juliette. „*Eine Mutter wird doch nicht ihr eigenes Kind entführen.*"

„*Du hast ja recht*", sagte Lucien. „*Ich weiß es ja auch nicht.*"

Léa hatte den Disput ihrer beiden Kollegen schweigend mitverfolgt. Jetzt meldete sie sich zu Wort:

„*Die ganze Geschichte ist irgendwie unrund.*"

„*Was meinst du damit?*", fragte Juliette.

„*Eine lebenshungrige Sechzehnjährige wird entführt. Sie steigt offenbar freiwillig in das Auto eines Fremden.*

Der Vater ist spielsüchtig und hat Schulden bei einem Kredithai.

Die Mutter hat ein Verhältnis mit dem Chauffeur.

Der oder die Entführer fordern zwanzig Millionen Lösegeld, das die Eltern überhaupt nicht zahlen können.

Das passt hinten und vorne überhaupt nicht zusammen…"

Ratlosigkeit erfüllte den Raum.

Die Ermittler sehen sich schweigend an.

„Kann ich etwas dazu sagen?"

Mathéo hatte sich zaghaft zu Wort gemeldet. Die Zurechtweisung durch Lucien wirkte noch immer nach.

„Was soll das, Mathéo?", sagte Lucien gereizt, den das devote Gehabe von Mathéo nervte. *„Sag, was du sagen willst, und eiere nicht herum."*

„Mon dieu", mischte sich Juliette ein, *„das ist ja wie im Kindergarten. Benehmt euch wir zwei Erwachsene. Was willst du uns sagen, Mathéo?"*

„Da ist doch noch dieser Sekretär, der mit der Schule gesprochen hat. Den habt ihr noch gar nicht befragt."

Juliette sah Mathéo erstaunt an.

„Du hast recht, Mathéo", sagte sie dann und wandte sich an Lucien mit den Worten:

„Wieso eigentlich nicht, Monsieur Commissaire divisionnaire?"

Der spöttische Unterton war unüberhörbar. Er war die Bestrafung durch Juliette für das unangebrachte Verhalten Luciens Mathéo gegenüber.

Lucien hatte es sehr wohl verstanden. Er setzte ein freundliches Lächeln auf und sagte zu Mathéo:

„Das ist hervorragend, mein junger Freund. Entschuldige bitte mein Verhalten von vorhin. Die Nerven liegen wohl ein wenig blank."

„Aber nicht doch, Commissaire, es ist alles gut", erwiderte Mathéo erleichtert, und Lucien setzte noch einen drauf:

„Du bist ein tüchtiger und toller Kollege. Du kannst mich ab sofort <Luc> nennen."

*****

Befragung des Philippe Ducasse:

„Befragung des Philippe Ducasse. Anwesend sind der zu Befragende, sowie CDP Bertrand und CP Renard.

CDP Bertrand:
„Monsieur Ducasse, Sie sind der Sekretär von Madame Wouters. Wie habe ich das zu verstehen? Was ist Ihr Aufgabenbereich?"

Philippe Ducasse:
„Ich bin für die Korrespondenz von Madame Wouters zuständig."

Lucien schaut erwartungsvoll zu seinem Gegenüber; aber der fügt dem Gesagten nichts mehr hinzu.

CDP Bertrand:

„Aha. Heißt das, Sie schreiben die Liebesbriefe an den Chauffeur, die Ihnen Madame diktiert?"

Die Gesichtsfarbe von Philippe Ducasse verändert sich schlagartig, als er die provozierenden Worte von Lucien vernimmt. Er ringt nach Luft.

Philippe Ducasse:

„Das ist unerhört. Ich werde mich über Sie beschweren."

CDP Bertrand:

„Turlututu![12]*Ich habe doch nur einen kleinen Scherz gemacht, Monsieur. Ich kann mir nur nicht vorstellen, dass eine Privatière*[13] *einen Sekretär braucht, und was der so alles für sie macht. Bitte, entschuldigen Sie meine Unwissenheit."*

Philippe Ducasse scheint kurz nachzudenken und sagt dann mit einem Augenzwinkern: *„Ich habe es schon wieder vergessen."*

CDP Bertrand:

„Das ist sehr großzügig von Ihnen; vielen Dank!
Bitte, haben Sie die Freundlichkeit, uns zu schildern, wie das an dem besagten Tag der Entführung aus Ihrer Sicht so abgelaufen ist."

---

[12] *Papperlapapp!*

[13] *Weibliche Person, die keiner Erwerbstätigkeit nachgeht und ihren Lebensunterhalt von ihrem Vermögen bestreitet.*

Commissaire Lucien Bertrand demonstrierte wieder einmal auf eindrucksvolle Weise, wie viel Psychologe in ihm verborgen war. Er verstand es meisterlich, aus einer befragten Person alles herauszuholen.

Philippe Ducasse:
„Das mache ich sehr gerne, Monsieur Commissaire. Madame Wouters hat mir aufgetragen, mich in die Schule zu begeben, um zu eruieren, was genau vorgefallen war, nachdem Gaston Chirac mit der Schreckensnachricht zurückgekehrt war.

Ich bin dann sofort in die Schule gefahren und habe mit Madame Simonet, der Klassenlehrerin von Louise gesprochen.

Diese erzählte mir, dass ein livrierter Chauffeur, der sich als Vertreter des sonstigen Chauffeurs zu erkennen gab, Louise vorzeitig abgeholt hat, weil ein Vorkommnis in der Familie ihre zeitnahe Anwesenheit erforderlich gemacht habe.

Louise sei auch sofort und ohne zu zögern, mit dem Mann mitgegangen.

Eine adäquate Beschreibung konnte die Lehrerin nicht machen. Sie stand offenbar unter Schock.

Ich bin dann wieder zur Villa zurückgefahren.“

CDP Bertrand:
„Wie haben Madame und Monsieur Ihren Bericht aufgenommen?“

Philippe Ducasse:
„Madame war sehr gefasst. Monsieur hingegen ist zusammengebrochen.

Ich habe dann eine Telefonverbindung zum Ministerium hergestellt und den Rest kennen Sie ja vermutlich."

CDP Bertrand:
„Sie haben uns sehr geholfen, Monsieur Ducasse. Haben Sie vielen Dank.

Eines noch: Können Sie sich vorstellen, wer hinter alledem steckt?"

Philippe Ducasse:
„Ich habe nicht die geringste Ahnung."

*****

Lucien betrachtete den Besuch der Firma „Cashflow" als reine Formsache. Da der Name nun einmal gefallen war, konnte er nicht umhin, der Spur nachzugehen, in der Überzeugung, dass es reine Zeitverschwendung wäre.

Als Mathéo von Lucien gefragt wurde, ob er ihn begleiten wolle, schnappte der Jungkollege fast über.

Die Dame am Empfang von „Cashflow" wollte die beiden Besucher abweisen, weil ohne Termin ein Treffen mit dem Firmenchef nicht möglich wäre, aber

Lucien forderte sie auf, sie möge dem Chef Bescheid geben, dass Lucien Bertrand ihn sprechen möchte. Kurz darauf kam ein kleiner, untersetzter Mann im feinen Zwirn herbei und ging freudestrahlend auf Lucien zu. Er reichte ihm die Hand.

„Luc, mein alter Freund. Was führt dich zu mir?"

„Bonjour Guy", erwiderte Lucien und stellte seinen Kollegen vor:

„Das ist ACP Mathéo Leclercq, mein Kollege."

Jetzt reichte Guy auch Mathéo die Hand.

„Wie lange ist das her, mein Lieber, dass wir uns gesehen haben. Jagst du noch immer die bösen Buben?"

Mathéo staunte sehr über den jovialen Umgang zwischen Lucien und dem Mann, der nicht gerade über ein besonders gutes Renommee verfügte.

„Wir müssten etwas mit dir besprechen, Guy", sagte Lucien, *„hättest du ein paar Minuten Zeit für uns?"*

„Für dich doch immer, lieber Freund", antwortete Guy und führte die Besucher in sein Büro, nicht ohne der Empfangsdame aufzutragen, vorübergehend keine Gespräche an ihn weiterzuleiten.

„Cognac oder Whiskey?", fragte Guy und Lucien antwortete:

„Keines von beiden, ist noch etwas zu früh."

„Also was hast du auf dem Herzen. Brauchst du Geld?"

Mathéo erschrak, als er das hörte. Lucien hatte es bemerkt und beruhigte seinen Kollegen.

„Alles in Ordnung; Guy macht gerne einmal einen schlechten Scherz. Gute kennt er nämlich keine."

Guy lachte und sein Bäuchlein hüpfte vor Vergnügen. Er sah Mathéo an und sagte:

„Dein Chef ist der beste Bulle von ganz Belgien. Von ihm kannst du viel lernen. Immer korrekt, auch Menschen gegenüber, die sich etwas außerhalb der Gesellschaft bewegen."

„Ich bin nicht mehr im Dienst, Guy", sagte Lucien, „man hat mich nur geholt, weil eine junge Frau entführt wurde und weil die Eltern des Mädchens sehr gute Beziehungen haben."

Guy Lamberts Gesichtsausdruck veränderte sich. Seine Fröhlichkeit kehrte sich in Skepsis um.

„Und wieso kommst du damit zu mir?"

„Weil dein Name gefallen ist, mein Lieber", erwiderte Lucien. „Bei dem Mädchen handelt es sich um die Tochter von Gabriel Wouters."

„Jetzt verstehe ich", murmelte Guy vor sich hin. *„Und da denkst du allen Ernstes, ich hätte etwas damit zu tun, weil dieser Crétin[14] von Gabriel Wouters seine Finger nicht von den Karten lassen kann."*

„Aber nein, Guy", erwiderte Lucien hastig, *„das denke ich natürlich nicht. Es kränkt mich, dass du mir das jetzt unterstellst.*

Wie lange kennen wir uns jetzt? Ich weiß doch genau, dass du so etwas niemals tun würdest. Aber Monsieur Procureur du Roi erwartet von mir, dass ich dich befrage. Das musst du doch verstehen."

Guy Lambert fixierte Lucien einen kurzen Moment, und dann lachte er. Selbst das kleine Bäuchlein lachte wieder mit.

„Ich unterstelle dir doch nichts, mein Freund", sagte Guy, *„das ist alles nur ein dummes Missverständnis. Aber jetzt trinken wir einen kleinen Seelenwärmer um der Freundschaft willen."*

Danach stand er auf und holte drei Gläser.

*****

Inzwischen waren schon zwei Wochen vergangen, ohne dass die Ermittler brauchbare Ergebnisse vorweisen konnten, und der Druck seitens der Obrigkeit hatte zugenommen.

---

[14] *Idiot*

Der Commissaire général und Freund von Lucien, Lars Peeters, hatte Lucien um ein Gespräch gebeten.

„Ich weiß, dass du alles tust, um den Fall zu lösen; aber der Minister steht mir auf den Zehen."

„Soll ich den Fall abgeben? Ist es das, was du mir sagen willst? Ich habe nicht darum gebeten, wieder reaktiviert zu werden."

Lucien war einigermaßen ungehalten über die Worte seines Freundes.

„Rede nicht so einen Mist, Lucien", erwiderte Lars, *„du kennst doch die Spielregeln. Getreten wird immer von oben nach unten."*

„Scheißspiel."

„Du hast ja recht, Lucien und ich könnte es dir nicht verübeln, wenn du hinschmeißen würdest."

Lucien sah seinen Freund an und lächelte. Dann sagte er:

„Du bist noch immer dasselbe Schlitzohr wie früher. Warum gehst du nicht in die Politik? Wortakrobaten und Faktenverdreher wie dich können die gut gebrauchen."

„Stopp! Jetzt ist es genug. Spricht man so mit einem alten Freund?"

Die beiden Männer lachten.

„*Warum tun wir uns das an?*", fragte Lucien. „*Du könntest genauso wie ich in den Ruhestand gehen und mit mir angeln gehen. Wäre das nicht herrlich?*"

„*Das klingt verlockend*", erwiderte Lars. „*Aber jetzt bringst du erst einmal das Mädchen zurück und dann reden wir noch einmal darüber. Einverstanden?*"

„*Aber nur, wenn mich der Minister und du in Ruhe meine Arbeit machen lässt…*"

*****

Léa hatte im Netz ein Foto gefunden, das Verwirrung auslöste. Es zeigte Louise in einer Gruppe, die ein Gebäude besetzt hielten.

Es ging um Tierschutzaktivisten, die gegen Massentierhaltung protestierten.

„*Und das soll Louise sein?*", fragte Lucien skeptisch und deutete auf eine Frau aus der Gruppe.

„*Ich glaube schon*", antwortete Léa.

„*Das ist mir zu wenig, Toutou*", sagte Lucien, „*und außerdem könnte das ein altes Foto sein.*"

„*Ist es nicht*", erwiderte Léa fast trotzig, „*und ich bin mir ziemlich sicher, dass es sich bei der Frau um Louise handelt.*"

Lucien betrachtete die Fotografie noch einmal und fragte:

„Wie kannst du dir sicher sein, dass das Foto aktuell ist?"

„Weil im Vordergrund ein Ü-Wagen des „RTBF"[15] steht und ich nachgefragt habe, wann das war", antwortete Léa, und die Antwort glich schon fast einem Triumphgeheul.

Lucien war es nicht entgangen und er bemühte sich um Wiedergutmachung.

„Entschuldige bitte, Toutou. Es war dumm von mir, an deinen Worten zu zweifeln. Du bist die Größte und ich bin ein dummer, alter Sack."

„Gut, dass du das endlich einsiehst, Alterchen."

Das Grinsen in den Gesichtern der beiden spiegelte wiedergewonnene Harmonie wieder, und Léa konnte mit ihrem Bericht fortfahren.

„Dieses Rattengesicht ist aktenkundig."

Léa hatte auf einen Mann gedeutet, der seine geballte Faust nach oben reckte.

---

[15] *Radio-télévision belge de la Communauté française* (belgisches Fernsehen)

„*Der Kerl heißt Arthur Vermeulen und steht im Fokus des <DSU>*[16]. *Er war schon an einigen Aktionen beteiligt und ist vorbestraft.*"

„*Und wo ist die Verbindung zu Louise Wouters?*", fragte Lucien.

„*Das will ich dir zeigen*", antwortete Léa und holte ein weiteres Bild auf den Bildschirm. Es zeigte Arthur und Louise eng umschlungen.

„*Es ist zwar ein älteres Bild; aber es zeigt, dass die Frau auf dem aktuellen Bild mit hoher Wahrscheinlichkeit Louise Wouters ist. Meinst du nicht auch?*"

„*Ganz sicher sogar, Toutou*", erwiderte Lucien freudig und gab Léa einen Kuss auf den Kopf.

„*Das ist der Beweis, dass Louise putzmunter ist und keinesfalls in irgendeinem dunklen Loch in Ketten liegt.*"

*****

Die Ermittler hatten sich vom Fernsehsender Aufnahmen besorgt, auf welcher Louise Wouters klar zu erkennen war.

„*Kann mir jemand sagen, was Sache ist?*"

---

[16] *Direction des unités spéciales*

56

Juliette machte ihrem Ärger Luft, nachdem sie die Aufnahme gesehen hatte.

„Gibt es jetzt eine Entführung oder ist alles nur Fake? Und was ist mit der Lösegeldforderung?"

„Vielleicht ist alles nur Fake und dieser Vermeulen steckt dahinter. Er und Louise sind offenbar ein Pärchen. So wie Bonny und Clyde."

Die Bemerkung war von Mathéo gekommen, was Lucien gar nicht komisch finden konnte.

„Deine flapsige Bemerkung kannst du dir sparen; sie ist nicht konstruktiv. Schau lieber, ob wir eine Adresse von diesem Aktivisten haben. Ich will ihn bis morgen hier haben."

*****

Befragung des Arthur Vermeulen:

„Befragung des Arthur Vermeulen. Anwesend sind der zu Befragende, sowie CDP Bertrand und CP Renard.

CDP Bertrand:
„Monsieur Vermeulen, wo ist Louise Wouters?"

Arthur Vermeulen:
„Wer soll das sein?"

CDP Bertrand:
„Lassen Sie den Quatsch.“

Arthur Vermeulen:
„Ich kenne keine Louise Dadada…“

Juliette zeigt Vermeulen die Fotografie, welche ihn mit Louise zeigt.

Arthur Vermeulen:
„Ach diese blöde Kuh. Ich wusste ja nicht, wie die heißt. Die machte einen auf Öko-Tante und wollte bei uns mitmachen.“

CDP Bertrand:
„Wann haben Sie Louise Wouters zuletzt gesehen?“

Arthur Vermeulen:
„Das weiß ich gar nicht mehr. Vielleicht vor ein, zwei Monaten,“

Juliette zeigt Vermeulen die aktuelle Aufnahme vom Fernsehsender und deutet auf die Frau neben ihm.

Arthur Vermeulen:
„Das soll diese Tussi sein? Echt jetzt? Ich kann mich nicht erinnern.“

CDP Bertrand:
„Monsieur Vermeulen, ich verhafte Sie wegen des Verdachts der Entführung und räuberischer Erpressung.“

Arthur Vermeulen erschreckt.

58

Arthur Vermeulen:
„Das können Sie doch nicht machen."

CDP Bertrand:
„Und ob ich das kann. Und außerdem haben wir in Ihrer Wohnung eine größer Menge Crystal Meth gefunden.

Allein für dieses Vergehen fahren Sie für längere Zeit ein."

*****

Nachdem Arthur Vermeulen aus dem Verhörraum geführt worden war, fragte Juliette, warum Lucien die Befragung so abrupt abgebrochen hatte, worauf Lucien antwortete:

„Der stiehlt nur unsere Zeit. Ich habe das Gefühl, wir übersehen etwas. Ich weiß nur noch nicht, was ..."

Dass sich CDP a.D. Lucien Bertrand bei der Einschätzung von Arthur Vermeulen im Irrtum befand, sollte sich schon bald herausstellen.

*****

Die kommenden Tage vergingen mit der Befragung einiger Mitschülerinnen von Louise Wouters. Dabei stellte sich heraus, dass die Konsumation von Rauschmitteln an der Schule gang und gäbe waren.

Und in diesem Zusammenhang fiel auch der Name „Arthur Vermeulen".

Die wiederholte Befragung von Vermeulen brachte jedoch keine neuen Erkenntnisse. Er leugnete nach wie vor die Beziehung zu Louise Wouters. Was jedoch Tage später geschah, stellte alles auf den Kopf.

Louise Wouters wurde gefunden. Sie war an einer Überdosis Crystal Meth gestorben. Der Fundort der Leiche war jenes Gebäude, von dem auch das Foto stammte.

Seltsam war jedoch, dass sich Louise auch die Pulsader des linken Arms aufgeschnitten hatte, was jedoch nicht ursächlich für ihren Tod war.

Sie hatte den Fehler gemacht, den viele machen, indem sie den Schnitt quer- anstatt längsverlaufend gesetzt hatte.

Auf dem Boden neben ihrem Körper hatte sie mit dem Finger und dem Blut ein großes „A" gemalt.

Somit fiel der Verdacht sofort auf Arthur Vermeulen.

Der Hund eines Spaziergängers hatte Louise in dem verlassenen Gebäude aufgestöbert. Es war schon vor Wochen von der Polizei geräumt worden.

*****

Befragung des Arthur Vermeulen:

„Befragung des Arthur Vermeulen. Anwesend sind der zu Befragende, sowie CDP Bertrand und CP Renard.

CDP Bertrand:
„Monsieur Vermeulen, haben Sie Louise Wouters ermordet?"

Arthur Vermeulen:
„Was? Louise ist tot?"

Entsetzen zeigt sich auf dem Gesicht von Arthur.

CDP Bertrand:
„Tun Sie doch nicht so. Sie ist an einer Überdosis Crystal Meth gestorben, das Sie ihr gegeben haben."

Arthur Vermeulen:
„Das ist Bullshit."

CDP Bertrand:
„Wir haben Zeugenaussagen, dass Sie Crystal Meth an der Schule verticken, an der Louise Wouters war."

Arthur Vermeulen:
„Ja und? Ich habe ihr aber nicht gesagt, dass sie es nehmen soll. Das hat sie ganz allein entschieden."

CDP Bertrand:
„Sie geben also zu, dass Sie Louise Wouters Crystal Meth verkauft haben?"

Arthur Vermeulen:
„Ich sage jetzt gar nichts mehr. Ich will einen An-
walt.“

Juliette schiebt Arthur Vermeulen ein Tatortfoto
zu. Es zeigt Louise mit geöffneter Pulsader und dem
auf den Boden gemalten Buchstaben „A“.

CP Juliette Renard:
„Können Sie den Buchstaben erkennen, den eine Ster-
bende, junge Frau mit letzter Kraft gemalt hat? Sie
weist damit auf den Mörder hin.“

Arthur schaut sich widerwillig das Foto an. Dann
lacht er. Es ist ein schrilles, unnatürliches Lachen.

Arthur Vermeulen:
„Ihr Bullen schreckt vor nichts zurück. Das Foto ist
ein Fake.“

CDP Bertrand:
„Wieso glauben Sie das?“

Arthur Vermeulen:
„Weil euch leider ein ganz dummer Fehler unterlau-
fen ist.“

CDP Bertrand:
„Was sollte das sein? Einmal abgesehen davon, dass
die Fotografie echt ist?“

Arthur Vermeulen:
„Louise ist Linkshänderin. Sie hätte sich niemals mit
der rechten Hand die Pulsader geöffnet.“

Lucien und Juliette sehen einander überrascht an.

CDP Bertrand:
„Der Buchstabe <A> deutet aber eindeutig auf Sie hin, Monsieur Vermeulen. Niemand sonst in Louises Umfeld hat einen Namen, der mit <A> beginnt."

Arthur Vermeulen:
„Sie tun mir leid, Commissaire. Aber <Arthur> bedeutet es ganz sicher nicht. Kann ich jetzt gehen?"

CDP Bertrand:
„Wir werden das überprüfen mit der Linkshändigkeit von Louise. Und Sie bleiben hier. Vergessen Sie nicht das Crystal Meth."

Arthur Vermeulen:
„Dann will ich einen Anwalt."

CP Juliette Renard:
„Den bekommen Sie auch."

*****

Dass Louise Wouters Linkshänderin war, wurde durch ihre Eltern bestätigt.

Gabriel Wouters brach zusammen, als er die Todesnachricht seiner Tochter bekam. Madame hingegen blieb gefasst und war durchaus bereit, Fragen von CDP Bertrand zu beantworten.

„*Was wissen Sie über einem gewissen Arthur Vermeulen? Haben Sie den Namen schon einmal gehört?*“

„*Natürlich. Arthur war sogar gelegentlich Gast in unserem Haus. Louise hatte einen Narren an dem Kerl gefressen. Er konnte recht unterhaltsam sein.*“

Lucien sah Madame Wouters ungläubig an.

„*Uns hat er gesagt, dass er Louise kaum kenne.*“

„*Mit der Wahrheit hat er es nicht so*“, erwiderte Madame Wouters lachend, „*er ist ein rechtes Schlitzohr.*“

Das Blitzen in Emma Wouters Augen ließ bei Lucien den Verdacht aufkommen, dass sich Madame eventuell auch dem Charme des Arthur hingegeben haben könnte.

„*Waren Louise und Arthur ein Paar? Hat er vielleicht auch Ihnen gegenüber Avancen gemacht?*“

Emma Wouters sah Lucien argwöhnisch an.

„*Wie darf ich Ihre Frage verstehen, Monsieur Commissair?*“

Lucien war sich bewusst, dass er sich gerade auf sehr dünnem Eis bewegte. Schließlich waren Verbindungen in die Spitze der Politik bei Madame vorhanden, und außerdem wollte er den Procureur du Roi nicht in Schwierigkeiten bringen und schon gar nicht seinen Freund Lars.

„Nun, Madame Wouters, Louise wie auch Sie sind von einer betörenden Schönheit und das kann einen Mann schon einmal verleiten, in die Offensive zu gehen."

Das Wort „Offensive" war Lucien einfach so herausgerutscht und er bedauerte es noch im selben Augenblick.

Zu Luciens Überraschung goutierte Madame Wouters die Wortwahl, und ihre Antwort war entsprechend.

„Ob dieser Mensch und meine Tochter ein Paar waren, daran hege ich Zweifel. Aber was meine Person betrifft, so gab es schon Versuche, sich mir zu nähern.

Aber der Unterschied zwischen ihm und mir war einfach viel zu groß. Das wäre unter meinem Niveau gewesen, wenn Sie verstehen, was ich meine."

„Bien sûr, Madame", antwortete Lucien und musste an den Chauffeur von Madame denken.

„Eine Frage hätte ich noch, wenn es Sie nicht zu sehr anstrengt."

„Fragen Sie, mein Lieber", erwiderte Madame, weit entfernt von Schmerz und Trauer über den Verlust ihres Kindes, *„ich helfe, wo ich kann."*

„Wussten Sie, dass Arthur ein Dealer war?"

„Nein", kam die entsetzte Antwort von Madame, und Lucien glaubte ihr.

*****

Der Tag war nicht besonders zum Angeln geeignet. Kurze Regenschauer wechselten sich mit der Sonne ab. Und dennoch zog es Lucien an den Fluss.

Es war Wochenende und Lucien hatte sich eine kurze Auszeit genommen. Lars war gekommen, weil Alice ihn darum gebeten hatte. Sie hatte ihm gesagt, dass der Fall ihren Lucien doch sehr beschäftigen würde.

„Gib es zu; Alice hat dich hergerufen."

„Und wenn das so wäre?", erwiderte Lars. *„Du hast so eine tolle Frau gar nicht verdient, du alter Brummbär."*

Lucien lächelte. Im Grunde genommen war er froh, dass er jetzt mit Lars an seinem Lieblingsfluss sitzen konnte, um einen dicken Fisch zu fangen.

„Ein Barsch wäre schön", sagte Lars, *„dann käme ich wieder in den Genuss von Alices tollem Rezept."*

„Du hast mir ein dickes Ei gelegt mit diesem Fall", kam Lucien – entgegen der Abmachung, beim

Angeln nicht über die Arbeit zu reden – auf den Fall zu sprechen.

„Das tut mir leid, Luc", erwiderte Lars, *„ich weiß, dass es nicht leicht ist, wenn man bei den Ermittlungen Bandagen angelegt bekommt."*

„Nein, das ist es nicht", sagte Lucien, *„das beeindruckt mich überhaupt nicht."*

„Was ist es dann, alter Freund?", fragte Lars.

„Ich habe die Power verloren", antwortete Lucien, und in seiner Stimme schwang Traurigkeit mit.

„Wie kommst du darauf?"

Lucien ließ sich lange Zeit, bevor er antwortete:

„Ich habe einen Verdächtigen falsch eingeschätzt. Das wäre mir früher nie passiert."

Lars sagte nichts. Er wollte seinem Freund die Möglichkeit lassen, fortzufahren oder einfach nur zu schweigen.

„Jetzt bin ich unsicher, ob ich den Fall abgeben soll oder ob ich weitermache."

„Die Entscheidung liegt natürlich bei dir, Luc", erwiderte Lars. *„Aber ich bin mir sicher, du würdest dir ewig Vorwürfe machen, wenn du den Fall abgeben würdest."*

In diesem Augenblick schlug die Angel aus. Lucien hatte den gewünschten Fisch am Haken und zog ihn an Land.

„Wenn das kein Zeichen ist", sagte Lars lachend und Lucien erwiderte:

„Da hast du deinen Barsch. Bringen wir ihn schnell zu Alice, damit sie ihn für uns zubereiten kann."

*****

Prof. Dr. Bernard Dubois, der médecin légiste[17] hatte Lucien bereits erwartet.

„Ich habe es schon gehört, dass dich deine Alice wieder arbeiten geschickt hat, weil sie es nicht ertragen hat, dich Tag und Nacht um sich zu haben."

„Und du bist noch immer hier, weil du niemanden hast, der dich zu Hause erwartet."

Damit war das Begrüßungsritual erledigt und die beiden Männer umarmten sich mit großer Herzlichkeit. Bernard war ebenso wie Lars ein guter Freund, der auch schon öfter von Alices Kochkunst profitiert hatte.

Bernard war überzeugter Junggeselle, obwohl er schon einmal verheiratet war, oder vielleicht auch gerade deshalb.

---

[17] *Gerichtsmediziner*

Monique, seine wunderschöne Ehefrau, hatte ihn mehrmals betrogen. Sie genoss es zwar, mit einem renommierten Professor verheiratet zu sein; aber der Altersunterschied war einfach zu groß.

Während Bernard es vorzog, seine spärlich bemessene Freizeit zu Hause zu genießen, zog Monique lieber mit Gleichaltigen um die Häuser.

Anfangs tolerierte es Bernard, aber als die Bemerkungen hinter seinem Rücken immer mehr unüberhörbar wurden, zog er die Reißleine.

In dieser Zeit gab ihm die Freundschaft mit Lucien und Alice den Halt, den er brauchte, um über die große Enttäuschung hinwegzukommen.

„*Warum hast du mich einbestellt, Bernard?*", fragte Lucien, „*deinen Abschlussbericht habe ich erhalten und gelesen. Die Todesursache war eine Überdosis und nicht die geöffnete Pulsader.*"

„*Das Blut aus der Pulsader ist genau der Grund, warum ich dich zu mir gebeten habe*", erwiderte der Mediziner.

„*Von Léa weiß ich, dass Louise Wouters Linkshänderin war.*"

„*Was hat Léa mit dir zu schaffen?*", unterbrach Lucien den Freund.

„*Unterbrich mich nicht, Commissaire Lucien*", sagte Bernard, „*Léa ist schließlich meine Nichte und ab und zu besucht sie ihren alten Onkel. Da kommt es schon einmal vor, dass wir über einen aktuellen Fall reden."*

„Ist ja gut, du alter Onkel", erwiderte Lucien, *„aber jetzt erzähle mir, was du eigentlich sagen wolltest."*

„Das würde ich, wenn du mich nicht ständig unterbrechen würdest. Und außerdem bist du ja viel älter als ich, du alter Tattergreis."

„Jetzt ist es dann aber genug. Entweder du kommst jetzt zur Sache oder ich verschwinde wieder. Ich kann meine Zeit nützlicher verbringen als mich von dir beleidigen zu lassen."

Die beiden Freunde liebten ihre scherzhaften Wortscharmützel; aber in diesem Augenblick drohte das Gespräch in eine leichte Schieflage zu geraten.

Bernard erkannte es und kam auf sein eigentliches Anliegen zu sprechen:

„Louise hat den Buchstaben <A> nicht auf den Boden gemalt. Sie hätte es mit dem Finger der linken Hand gemacht. Aber der Zeigefinger ihrer rechten Hand war blutverschmiert und nicht der linke."

„Das bedeutet, dass jemand anderes ihren Finger in das Blut getaucht und ihn geführt hat, um damit zu schreiben", sagte Lucien.

„Stimmt ganz genau", erwiderte Bernard. „Und diese Erkenntnis verdanken wir beide meiner lieben Nichte Léa."

Der Mediziner sah Lucien erwartungsvoll an, gerade so, als würde er Bewunderung für die wichtige Entdeckung erwarten. Aber nichts dergleichen geschah.

„Damit ist Arthur Vermeulen endgültig aus dem Schneider", sagte Lucien stattdessen und fügte hinzu:

„Hast du noch diesen sündteuren Gin?"

„Du meinst den <Blind Tiger Liquid Gold Gin>, den du mir einmal geschenkt hast?"

„Genau den", erwiderte Lucien.

„Ja, den habe ich noch", sagte Bernard, der schon ahnte, warum Lucien das gefragt hatte.

„Dann gieße uns einen ein, damit wir auf deine fabelhafte Nichte und meine Lieblingskollegin Léa anstoßen können."

Bernard holte das kostbare Getränk und goss ein.

„Santé! Auf Léa und die Freundschaft!"

*****

Das Recherchieren in Louises Umfeld hatte nichts Verwertbares gebracht und auch nicht das Durchforsten im Social Media Bereich.

Der Fokus der Ermittlung lag jetzt auf der unbekannten Person, welche die Ermittler mit dem Aufmalen des Buchstabens „A" in die Irre geführt hatte.

Arthur Vermeulen wäre der perfekte Sündenbock gewesen, hätte der Täter von der Linkshändigkeit der Ermordeten gewusst.

Es musste jemand sein, dem diese Tatsache nicht bewusst war. Und damit schied der unmittelbare Personenkreis um Luise Wouters erst einmal aus.

„Irgendjemand treibt sein Spiel mit uns", sagte Lucien. In seiner Stimme schwang Resignation mit. Er fragte sich, wo er neu ansetzen müsste, denn der bisherige Weg war eine Sackgasse.

„Ich glaube, wir müssen weiter zurückgehen. Der Ursprung für die Tat liegt mehr in der Vergangenheit."

Lucien sah Juliette an. Der Gedanke gefiel ihm sofort.

„Du denkst, wir graben an der falschen Stelle?"

Juliette nickte. *„Ja, das glaube ich…*

*****

"Die Erinnerung ist das einzige Paradies, aus dem wir nicht vertrieben werden können."

So zumindest sagte es Jean Paul, deutscher Schriftsteller und Dichter zwischen Klassik und Romantik.

Und in diesem „Paradies" wurde nun im Team um Lucien Bertrand intensiv herumgestöbert.

„Wir müssen die Kindheit von Louise ebenso durchwühlen wie die Vergangenheit von Madame und Monsieur Wouters", so die Direktive von Lucien.

Das taten sie dann auch und es brachte Früchte.

Madame Wouters hieß vor ihrer Eheschließung mit Gabriel Emma Jacobs und war ein Revuegirl im „Alhambra", einem Amüsierschuppen in Lüttich.

Dort hatte sie auch den wohlbetuchten und erfolgreichen Unternehmer Gabriel Wouters kennengelernt, der neben seiner Spielleidenschaft auch einen starken Hang zum weiblichen Geschlecht hatte.

Es bedurfte nicht allzu vieler Anläufe, bis Emma dem Drängen des Dauergastes nachgab und in eine Ehe einwilligte.

Den Wechsel vom Tingeltangel zur höheren Gesellschaft meisterte Emma mit großer Bravour.

Nach wenigen Monaten wurde ein Mädchen geboren, das auf den Namen Louise, Emma, Céleste getauft wurde, wobei der letztere Name ein Zugeständnis an den Wunsch der verhassten Schwiegermutter, Céleste Wouters war, der Mutter von Gabriel.

Die beiden Frauen mochten einander nicht und machten auch keinen Hehl daraus. Eine Tingeltangel-tänzerin passte einfach nicht in die alteingesessene Familie Wouters.

Louise ließ sehr bald erkennen, dass sie die Gene ihrer Mutter in sich trug. Das war in erster Linie ein unbändiger Wille, ihren Kopf durchzusetzen, was ihr auch meistens gelang.

Einzig grand-mère Céleste vermochte sich ihr zu widersetzen. Papa Gabriel indes war wie Wachs in Louises Händen. Er vergötterte den kleinen Tyrannen.

Der Kindergarten war keine Option für Louise. Es dauerte nur wenige Wochen, bis die Leiterin des Kin-dergartens, händeringend die Eltern ersuchte, sie möchten den Unruheherd Louise doch bitte zu Hause lassen.

Eine private Erzieherin wurde engagiert und das Problem schien gelöst zu sein.

Aber nur vorübergehend. Das arme Geschöpf war schon nach wenigen Tagen verschlissen und kündigte. Ab sofort übernahm grand-mère Céleste das schwere Amt und führte es fort bis zu Louises Einschulung.

Bis dahin ging Louise durch das Tal der Tränen, denn in grand-mère Céleste hatte Louise ihren Meister gefunden.

Die Schulzeit war für Louises Mitschülerinnen bei Gott kein Honiglecken. Verbale Entgleisungen bis hin zu körperlichen Attacken gehörten zu Louise Repertoire und sie machte auch häufig Gebrauch davon.

Unzählige Vorladungen der Eltern durch die Schulleitung zeugten von einer intensiven Tätigkeit seitens Louise in Form von Gemeinheiten ihren Mitschülern gegenüber. Das betraf in erster Linie den weiblichen Anteil.

In der Pubertät erlebte Louises Böswilligkeit dann ihre Hochblüte. Hinzu kam die Forderung ihres Körpers und ihrer Hormone, das andere Geschlecht in Angriff zu nehmen.

Es dauerte auch nicht lange, bis Drogen eine wichtige Rolle in Louises Leben einnahmen. Von Zigaretten über Alkohol bis hin zu Marihuana, und später härtere Drogen, war alles dabei.

Louise genoss ihr Leben in vollen Zügen, und ihre Eltern ließen sie gewähren.

Der einzige Mensch, der Louise hätte Paroli bieten können, wäre grand-mère Céleste gewesen, aber das war nicht möglich.

Céleste, Augustine, Marie Wouters war kurz vor Louises fünfzehnten Geburtstag gestorben.

*****

Das „Alhambra" war noch geschlossen, als Lucien und Juliette ihm einen Besuch abstatteten.

Das Interieur verströmte nicht gerade den Duft eines großen Revuetheaters, und es hatte offenbar schon die besten Jahre hinter sich.

Mit *„wir haben noch geschlossen"* wurden die beiden Ermittler von einer Frau empfangen, die sich kurz darauf als die Geschäftsführerin entpuppte.

Die beiden Ermittler zeigten ihre Dienstausweise vor.

„Bonjour Madame, ich bin CPD Bertrand und das ist meine Kollegin CP Renard. Und mit wem haben wir das Vergnügen?"

„Ich bin Madame Monica Maes, die Geschäftsführerin."

„Das trifft sich gut", erwiderte Lucien, *„wir hätten nämlich ein paar Fragen zu einer gewissen Emma Wouters, die früher in Ihrem Etablissement beschäftigt war."*

Juliette zeigte Monica Maes eine Fotografie von Emma Wouters. Die Geschäftsführerin schaute das Bild lange an. Dann sagte sie ein wenig überrascht:

„Jetzt erkenne ich sie. Das ist Chantal. Ich kann mich noch gut an sie erinnern. Wir haben zur gleichen Zeit getanzt. Sie hat sich schon sehr verändert; ich hätte sie fast nicht erkannt."

„Wieso sagten Sie <Chantal> zu Madame Wouters. Sie heißt doch Emma?"

Madame Maes lachte.

„Wir hatten damals alle Fantasienamen. Ich nannte mich zum Beispiel <Ninette> und heiße in Wirklichkeit Monica.

Wie geht es Chantal, ich meine Madame Wouters?"

„Nicht so gut", erwiderte Lucien, *„ihre Tochter Louise wurde ermordet."*

„Oh mein Gott. Das ist ja schrecklich."

Monica Maes war sichtlich geschockt über diese Nachricht.

„Hat man den Mörder schon gefasst?"

„Wir arbeiten daran, Madame", sagte Lucien und fügte hinzu:

„Das ist auch der Grund unseres Besuches. Wir hoffen, Sie können uns vielleicht weiterhelfen."

„Ich wüsste zwar nicht wie", erwiderte Madame Maes, *„aber ich stehe Ihnen selbstverständlich zur Verfügung."*

„Das ist sehr freundlich, Madame. Können wir irgendwo ungestört reden?"

„*Aber ja*", erwiderte Monica Maes, „*am besten, wir gehen in mein Büro.*"

Lucien und Juliette folgten der Geschäftsführerin, die einen Duft hinter sich herzog, der eher nach Insektenvernichtungsmittel roch, denn nach Parfum.

Sie kamen in einen Raum ohne Fenster, der neben einem Schreibtisch eine kleine Sitzecke aufwies. Es roch stark nach abgestandenem Zigarettenrauch. Monica Maes bat die Ermittler, Platz zu nehmen, und fragte:

„*Darf ich Ihnen etwas anbieten? Einen Café oder etwas Stärkeres?*"

„*Ein Espresso wäre nett*", sagte Lucien und Juliette schloss sich an.

Monica Maes wandte sich dem Kaffeeautomaten zu und stellte kurz danach das Gewünschte auf den Tisch.

„*Die arme Chantal. Wie geht es ihr denn?*"

„*Überraschenderweise recht gut*", antwortete Lucien und sah Madame Maes dabei erwartungsvoll an.

Die Geschäftsführerin schien die Absicht, welche sich hinter dem Blick von Lucien verborgen hielt, zu erkennen. Sie bestätigte ihre Vermutung mit einem feinen Lächeln.

„Was erwarten Sie, Monsieur Commissair, dass ich jetzt sage?"

„Die Wahrheit, Madame. Ganz einfach nur die Wahrheit."

Das Lächeln von Madame Maes wurde offensichtlicher.

„Sie verstehen das Spiel sehr gut, Commissair."

„Welches Spiel meinen Sie, Madame?", sagte Lucien und Madame antwortete:

„Das Spiel, wie man mit Menschen umgeht."

Es folgte ein langer Moment der Stille. Lucien nahm einen Schluck aus seiner Kaffeetasse und Monica Maes zündete sich eine Zigarette an.

„Es stört Sie doch nicht", sagte Monica Maes und blies den Rauch nach oben, indem sie ihren Kopf leicht nach hinten neigte.

„Aber nein, Madame", erwiderte Lucien, *„Sie sind ja schließlich hier zu Hause."*

Juliette hatte das Ganze still beobachtet. Sie betrachtete es als eine Art Katz- und Mausspiel, und sie fragte sich, wer die Katze und wer die Maus ist.

Madame Maes gab schließlich die Antwort darauf:

„Ich wurde mit Chantal nie wirklich warm. Wir waren Kolleginnen, nichts weiter. Während ich Probleme hatte, vor wildfremden Männern halb nackt herumzuhüpfen, stellte sie ihre weiblichen Reize gekonnt zur Schau.

Nach unserem Tanzauftritt waren wir angehalten, die Gäste zur Konsumation zu animieren. Wer, glauben Sie, hat den meisten Umsatz gemacht?"

Lucien reagierte nicht auf diese Frage. Er sah Monica nur weiterhin erwartungsvoll an.

„Eines Tages erzählte sie, sie hätte sich einen Goldfisch geangelt."

Das war das Stichwort für Juliette. Sie fragte hastig:

„Meinen Sie Gabriel Wouters, ihren Ehemann?"

„Nein, der hieß anders. Jaques oder André; ich weiß es nicht mehr so genau. Aber keinesfalls Gabriel. Ich weiß es deshalb, weil mein Neffe <Gabriel> heißt."

Lucien zeigte Madame Maes eine Fotografie von Gabriel Wouters.

„Ist er das?"

Monica nahm die Fotografie in die Hand und sagte:

„*Ja, das ist er.*"

„*Das ist Gabriel Wouters, der Ehemann von Chantal*", erwiderte Lucien.

„*Damals hieß er nicht so*", sagte Monica überrascht, „*ich schwöre es.*"

„*Das spielt keine Rolle, Madame Moes*", entgegnete Lucien, „*aber bitte, erzählen Sie weiter.*"

Monica Maes zündete sich eine neue Zigarette an.

„*Nur ein paar Wochen später hat Chantal gekündigt. Sie machte ein Riesen Theater daraus. Sie zeigte jedem ihren Klunker, den ihr dieser Gabriel geschenkt hatte.*

Sie war glücklich, dass sie nicht mehr tanzen musste. Ein paar Monate später hätte sie es sowieso nicht mehr gekonnt."

„*Und warum nicht?*", unterbrach Juliette.

„*Weil sie schwanger war*", antwortete Monica.

„*Von Gabriel Wouters*", fügte Juliette hinzu.

„*Quatsch*", erwiderte Monica, „*doch nicht von dem.*"

„*Von wem denn sonst, Madame?*", fragte Lucien.

„*Das weiß ich nicht*", antwortete Monica, „*dieses Geheimnis behielt sie für sich.*"

„*Hatten Sie auch keine Vermutung, wer es sein könnte?*", insistierte Lucien weiter.

Monica Moes lächelte, legte ihren Kopf leicht auf die Seite und sagte:

„*Vielleicht ihre große Liebe, Monsieur Commissaire. Wer weiß das schon…*

Lucien vermochte sich dem Charme von Monica nur schwer zu entziehen. Ihr Aussehen, gepaart mit einem Timbre in ihrer Stimme, der Männer leicht entflammen konnte, zeigte auch bei ihm Wirkung. Er erwiderte ihr Lächeln.

Juliette missfiel, dass eine ernsthafte Befragung immer mehr in ein Wortgeplänkel abzudriften drohte, und grätschte dazwischen.

„*Wann haben Sie Emma Wouters zum letzten Mal gesehen?*"

Monica dachte lange nach. Fast zu lange, denn bei Juliette begannen sich Ungeduld mit Unmut zu vermischen.

„*Das war, als sie das <Alhambra> verlassen hat.*"

„*Und wann war das, Madame?*"

Juliettes Stimme klang aggressiv.

„Lassen Sie sich Zeit, Madame", sagte Lucien mit einem strafenden Blick zu Juliette.

„Das war vor achtzehn Jahren. Ich kann mich noch gut daran erinnern. Es war im Oktober. Wir hatten gerade mit dem neuen Programm begonnen."

Juliette sah Monica eindringlich an. Dann fragte sie:

„Sind Sie ganz sicher, Madame? Denken Sie noch einmal genau nach. Es ist sehr wichtig."

„Aber ja doch", erwiderte Monica, *„wie ich schon gesagt habe. Wir haben mit unserem neuen Programm begonnen und das war im Oktober."*

„Ja, schon", sagte Juliette, *„aber es geht um das Jahr, nicht um den Monat."*

„Ich bin sogar hundertprozentig sicher, Madame Commissaire", erwiderte Monica gereizt, *„weil ich in diesem Jahr, im Oktober einen runden Geburtstag hatte."*

„Vielen Dank, Madame Maes", sagte Juliette, *„Sie haben uns sehr geholfen."*

Lucien schaute seine Kollegin staunend an. Er fragte sich, warum Juliette Monica so penetrant mit ihrer Fragerei insistiert hatte.

„Wir können gehen", sagte Juliette, *„es sei denn, du hättest noch weitere Fragen an Madame Maes."*

Lucien schüttelte den Kopf.

„*Ja, dann*", sagte Juliette, stand abrupt auf und reichte Monica Maes die Hand.

„*Es war sehr nett von Ihnen, dass Sie uns geholfen haben, Madame. Au revoir und alles Gute!*"

Juliette verließ den Raum und Lucien trottete hinterher, nachdem er sich ebenfalls von Madame Maes verabschiedet hatte.

„*Kannst du mir sagen, was das gerade eben war?*", fragte er, als sie auf der Rückfahrt im Auto saßen.

„*Wir haben gerade das Ei des Kolumbus gefunden*", antwortete Juliette mit einem breiten Grinsen.

*****

Die Überprüfung der Angaben von Monica Maes bestätigten, was Juliette als „Ei des Kolumbus" bezeichnet hatte.

Gabriel Wouters war mit größter Wahrscheinlichkeit nicht der biologische Vater von Luise.

„*Dann wollen wir uns einmal einen Vaterschaftstest besorgen*", sagte Lucien und machte sich mit Juliette auf den Weg zu den Wouters.

„*Das können Sie sich sparen*", lautete die Antwort von Gabriele Wouters, als die Ermittler ihn um eine Speichelprobe baten.

„*Ich bin nicht der leibliche Vater von Louise; aber ich habe sie geliebt, als wäre sie mein eigen Fleisch und Blut.*"

„*Warum haben Sie uns das nicht gleich gesagt, Monsieur Wouters?*", fragte Juliette.

„*Ach wissen Sie, junge Dame*", erwiderte Gabriel Wouters, „*ich habe Louise vom ersten Schrei an in mein Herz aufgenommen und für mich war sie immer mein Kind.*"

Der Gesichtsausdruck des Mannes unterstrich die Glaubwürdigkeit des Gesagten, und sowohl Juliette wie auch Lucien hegten keinen Zweifel daran.

Madame hatte das bisherige Gespräch ohne jegliche Gemütsregung verfolgt und ihre stoische Gelassenheit veränderte sich auch nicht, als Lucien sich jetzt ihr zuwendete.

„*Wer ist der Erzeuger von Louise?*"

„*Das geht Sie überhaupt nichts an. Und überhaupt; was ist das für eine Wortwahl? Erzeugen tut man Möbel oder Autos; aber doch keine Kinder. Sie sind die Früchte der Liebe.*"

„*Mir wird gleich kotzübel*", ging es Juliette durch den Kopf, und sie hätte es am Liebsten laut ausgesprochen.

„*Das geht uns sehr wohl etwas an*", erwiderte Lucien, „*und notfalls werden wir uns einen Gerichtsbeschluss besorgen.*"

„*Ich werde mich über Sie beschweren*", war der verzweifelte Versuch von Madame Wouters, sich der Wahrheit zu entziehen, was jedoch nur wenig bis gar keinen Eindruck auf Lucien machte.

„*Also, was ist jetzt?*", sagte Lucien in forderndem Ton, „*beantworten Sie meine Frage oder sollen wir mit einem Beschluss wiederkommen?*"

„*Ich weiß es nicht, Monsieur Commissair*", kam die Antwort von Madame, deren Stimme einen fast schon versöhnlichen Charakter hatte. Es war ihr erkennbar unangenehm, auf die Frage zu antworten.

„*Mein Gott, ich war damals jung und gierig auf das Leben. Und da verliebt man sich schnell. Dass ich schwanger war, habe ich erst gemerkt, als der Kerl verschwunden war.*"

„*Soll das heißen, Sie wissen noch nicht einmal den Namen des Mannes, der Sie geschwängert hat?*"

„*Nein. Es tut mir wirklich leid, Monsieur Commissaire. Ich würde Ihnen ja gern helfen; aber leider...*"

Lucien sah Madame Wouters eindringlich an. Er war überzeugt davon, dass sie ihm gerade dreist ins Gesicht gelogen hatte.

Emma Wouters hielt dem Blick von Lucien stand. Es sah fast so aus, als unterdrücke sie ein kleines Lächeln.

Lucien wandte sich an Gabriel Wouters.

„Hat Ihnen Madame vielleicht irgendwann einmal davon erzählt, wer der Erzeuger von Louise ist?"

Lucien hatte bewusst das Wort „Erzeuger" gewählt.

„Nein, Monsieur Commissaire", antwortete Gabriel, *„und es ist mir auch völlig egal. Ich bin der Vater von Louise und alles andere interessiert mich nicht."*

„Auch nicht, wer der Mörder ist?"

Gabriel Wouters Augen füllten sich mit Tränen.

„Finden Sie den Kerl, der meiner Louise das angetan hat, und bestrafen Sie ihn mit aller Härte."

„Und was sagen Sie, Madame?", fragte Juliette.

Emma Wouters lächelte und sagte lapidar:

„Das macht Louise auch nicht wieder lebendig..."

*****

Lucien hatte veranlasst, dass die Presse eingeschaltet worden war. Printmedien berichteten ebenso darüber wie das regionale Fernsehen. Zeugen wurden gesucht und Gabriel Wouters hatte eine Belohnung ausgesetzt.

Es dauerte auch nicht lange und eine junge Frau mit Namen Désirée Lambert meldete sich. Sie gab sich als Freundin von Louise aus.

Befragung der Désirée Lambert:

„Befragung der Désirée Lambert. Anwesend sind die zu Befragende, sowie CDP Bertrand und CP Renard.

CDP Bertrand:
„Madame Lambert, Sie haben sich bei uns gemeldet, weil Sie etwas zu der Ermordung von Louise Wouters sagen können."

Désirée Lambert:
„Das stimmt so nicht, Monsieur Commissaire. Über die Ermordung weiß ich nichts."

CDP Bertrand:
„Aha. Aber sie kannten Louise Wouters. Ist das richtig?"

Die Zeugin nickt.

CDP Bertrand:
„Waren Sie mit Louise Wouters befreundet?"

Die Zeugin nickt erneut.

CDP Bertrand:
„Es wäre nett, wenn Sie laut vernehmlich antworten würden.

Désirée Lambert:
„Bitte entschuldigen Sie; ich mache das zum ersten Mal."

CDP Bertrand:
„Ist schon gut, Madame. Darf ich Sie fragen, wie alt Sie sind?"

Désirée Lambert:
„Vierundzwanzig, Monsieur Commissaire."

Lucien ist überrascht. Die Zeugin macht eher den Eindruck, älter zu sein. Sie ist gut gekleidet und macht auch sonst einen ordentlichen Eindruck.

CDP Bertrand:
„Woher kannten Sie Louise Wouters?"

Hier stockt die junge Frau. Ihr Blick wird unruhig. Sie sieht zu Juliette.

CP Renard:
„Möchten Sie etwas zu trinken, Madame? Ein Glas Wasser oder lieber einen Kaffee?

Désirée Lambert:
„Ein Glas Wasser wäre nett."

Juliette verlässt den Raum und kehrt gleich darauf mit einem Glas und einer Flasche Mineralwasser zurück.

CP Renard:
„Es ist ohne Kohlensäure. Ich hoffe, es ist recht.“

Désirée Lambert:
„Vielen Dank, Madame.“

Die Zeugin gießt ein und leert das Glas in einem Zug.

CDP Bertrand:
„Ich wiederhole meine letzte Frage noch einmal. Woher kannten Sie Louise Wouters?“

Désirée Lambert:
„Wir waren in derselben Entzugsklinik.“

Lucien und Juliette sind gleichermaßen überrascht.

CDP Bertrand:
„Wann war das?“

Désirée Lambert:
„Vor etwa einem Jahr.“

CP Renard:
„Mein Gott! Da war Louise ja erst fünfzehn Jahre alt.“

Désirée Lambert:
„Nein. Sie war gerade sechzehn geworden.“

CDP Bertrand:

„Und da haben Sie sich angefreundet.“

Désirée Lambert:

„Ja. Wir mochten uns auf Anhieb. Louise nannte mich ihre große Schwester.“

CDP Bertrand:

„War Louise freiwillig in der Klinik?“

Désirée Lambert:

„Nein. Das hat ihre Mutter betrieben. Sie ist eine sehr böse Frau.“

CP Renard:

„Warum sagen Sie das, Désirée?“

Lucien bemerkt, dass Juliette den besseren Draht zu Désirée hat. Es war ihm aufgefallen, dass sie immer wieder den Blickkontakt zu Juliette sucht. Lucien überlässt Juliette die weitere Befragung.

Désirée Lambert:

„Lässt eine gute Mutter ihr Kind in eine Entzugsklinik einweisen und besucht sie nicht ein einziges Mal? Meine Mutter hätte mich besucht, wenn sie noch gelebt hätte.“

CP Renard:

„Heißt das, Ihre Mutter ist schon gestorben?“

Désirée Lambert:

„Ja, schon als ich zwölf war. Ich kam dann zu Pflegeeltern.“

CP Renard:

„Waren die wenigstens gut zu Ihnen?"

Désirée Lambert:

„Die Frau war ganz ok, aber der Mann war zu nett."

Juliette kann sich denken, was die junge Frau damit sagen will.

CP Renard:

„Das tut mir sehr leid, Désirée. Ich nehme an, dass das die Ursache war, dass Sie mit Drogen in Berührung gekommen sind."

Juliette muss sich überwinden, dass sie die Befragung wieder in das ursprüngliche Fahrwasser zurückführt.

CP Renard:

„Wie ist die Geschichte mit Louise weitergegangen? Hat sie ihr Vater wenigstens besucht?"

Désirée Lambert:

„Ja. Der hat sie öfter besucht. Er hat mir gefallen, er war in Ordnung."

CP Renard:

„Wie lang waren Sie in der Klinik?"

Désirée Lambert:

„Drei Wochen. Dann hat sie ein Chauffeur abgeholt."

CP Renard:

„Sind Sie mit Louise in Verbindung geblieben?"

Désirée Lambert:
„Aber ja. Am Anfang leider nur über das Handy. Ihre Mutter hat sie regelrecht überwacht. Der Chauffeur hat Louise in die Schule gefahren und auch wieder abgeholt."

CDP Bertrand:
„Eine Sache verstehe ich nicht, Madame Lambert. Wieso wusste in der Schule niemand, dass Louise in der Klinik war?"

Désirée Lambert:
„Weil der Klinikaufenthalt in den Sommerferien stattgefunden hat. Es durfte doch niemand davon wissen. Wegen des Skandals."

CP Renard:
„Haben Sie Louise nie persönlich getroffen?"

Désirée Lambert:
„Doch. Louise hat manchmal die Schule stundenweise verlassen und dann haben wir etwas gemeinsam unternommen.

Sie hat mir auch manchmal Geschenke gemacht. Teure Klamotten und Markensachen."

CP Renard:
„Hatte sie das Geld von zu Hause? Von ihrem Vater vielleicht?"

Désirée zögert. Es scheint, als bereue sie, dass sie das gesagt hatte.

CP Renard:

„Désirée; Sie wollen doch auch, dass der Mörder von Louise gefasst und bestraft wird. Das sind Sie ihrer kleinen Schwester doch schuldig."

Désirée Lambert:

„Louise hatte einen reichen Freund, einen Gönner."

Diese Worte schlagen ein wie eine Bombe. Sie eröffnet den Ermittlern eine völlig neue Perspektive.

CP Renard:

„Kennen Sie auch seinen Namen?"

Désirée Lambert:

„Den richtigen Namen kenne ich nicht. Sie nannte ihn nur <mon Etalon>[18], wenn wir über ihn sprachen."

Juliette und Lucien sehen sich an.

CP Renard:

„Also war es mehr eine sexuelle Beziehung. Oder war es vielleicht doch die große Liebe? Was meinen Sie, Désirée?"

Désirée lacht. Es ist kein schönes Lachen. Es ist eher verächtlicher Natur.

Désirée Lambert:

„Ich glaube nicht, dass Louise zu solch einem Gefühl überhaupt fähig war…"

---

[18] *Mein Hengst*

CP Renard:

„Hat Ihnen Louise vielleicht einmal ein Bild von ihrem Gönner gezeigt?"

Désirée Lambert:

„Nein. Sie hat immer ein großes Geheimnis um ihren <Etalon> gemacht."

CP Renard:

„Halten Sie es für möglich, dass er der Mörder von Louise ist?"

Désirée überlegt, bevor sie zögerlich antwortet.

Désirée Lambert:

„Es könnte durchaus sein. Vielleicht hängt es mit dem Video zusammen."

CP Renard:

„Welches Video, Désirée?"

Die Befragte macht den Eindruck, als hätte sie sich verplappert. Ihr Blick ist unruhig.

CDP Bertrand:

„Welches Video, Madame Lambert?"

Désirée zögert mit ihrer Antwort. Sie schaut hilfesuchend zu Juliette.

CDP Bertrand:

„Bitte, beantworten Sie meine Frage!"

Désirée Lambert:
„Louise hat einen kleinen Film gedreht, als sie mit ihm intim war.“

CDP Bertrand:
„Und? Was hat es mit diesem Film auf sich?“

Désirée windet sich. Sie fühlt sich nicht wohl.

CDP Bertrand:
„Hat sie den Mann erpresst?“

Désirée Lambert:
„Sie hat gesagt, mit dem Geld könnten wir in der Karibik eine kleine Strandbar eröffnen.“

Désirée beginnt zu weinen.

CDP Bertrand:
„Hat sie das Geld bekommen? Wissen Sie, von wie viel Geld die Rede war?“

Désirée Lambert:
„Nein. Der Kontakt zu Louise ist plötzlich abgebrochen. Mehr weiß ich nicht. Kann ich jetzt bitte gehen?“

Lucien beendet die Befragung. Désirée Lambert unterschreibt noch das Protokoll und kann danach gehen, jedoch unter der Auflage, sich zur Verfügung der Ermittler zu halten.

*****

Lars Peeters, der Commissaire général und direkter Vorgesetzter von Lucien, hat seinen Freund zum Rapport gebeten.

„Wie sieht es aus, Luc? Seid ihr weitergekommen oder dreht ihr euch noch immer im Kreis? Der Procureur du Roi liegt mir in den Ohren, und der bekommt Druck vom Ministerium. Du weißt ja, wie der Hase läuft."

„Ja, das weiß ich, mein Freund. Er läuft meistens im Zickzack und selten geradeaus", erwiderte Lucien und lachte dabei.

„Möchtest du etwas trinken?", fragte Lars und Lucien antwortete:

„Du weißt, dass ich im Dienst nie getrunken habe, Lars. Und das hat sich bis heute nicht geändert.

Aber um auf den Fall sprechen zu kommen: Es liegen neue Erkenntnisse vor, und die könnten uns eventuell weiterbringen."

„Und was sind das für Erkenntnisse?", fragte Lars.

„Es geht um eine junge Frau, genauer gesagt um eine Freundin der Ermordeten. Von ihr wissen wir, dass Louise Wouters ein schlimmes Mädchen war.

Sie hatte ein Verhältnis mit einem gut situierten älteren Herrn, den sie mutmaßlich erpresst hat."

„*Das ist ein heftiger Vorwurf*", erwiderte Lars, „*gibt es auch Beweise? Du weißt, wenn du keine Beweise hast, haut dir der Procureur du Roi das Ganze um die Ohren.*

Und denke auch an die guten Beziehungen von den Eheleuten Wouters."

Lucien machte eine abwehrende Bewegung mit seiner Hand und erwiderte:

„*Das juckt mich überhaupt nicht, mein Freund. Es existiert da wohl ein Video, das Louise Wouters von einer intimen Handlung gemacht hat. Wir müssen es nur noch finden.*"

„*Ich weiß nicht*", sagte Lars erheitert, „*das klingt wie aus einem billigen Groschenroman. Aber ich wünsche dir auf alle Fälle viel Erfolg bei deiner Suche nach dem „Heiligen Gral.*

Und liebe Grüße an die wunderbare Alice. Ich freue mich schon auf den nächsten Fisch."

„*Mach ich, mein Freund*", erwiderte Lucien, „*und halte mir den Procureur du Roi vom Hals.*

Und überhaupt, wie wär`s? Vielleicht hättest du ja Lust, am Wochenende mit mir angeln zu gehen?"

„*Mal sehen*", antwortete Lars und reichte Lucien zum Abschied die Hand.

*****

„Sollten wir für Sie nicht ein Zimmer herrichten, so oft, wie Sie uns beehren?"

Diese Worte waren nicht von Humor begleitet, sie waren der reine Hohn.

Madame Wouters brachte damit ihre ganze Verachtung, die sie für die Ermittler empfand, zum Ausdruck.

Lucien nahm den Fehdehandschuh auf und erwiderte:

Wenn Ihnen unser Besuch unangenehm ist, Madame, so mache ich Ihnen einen Gegenvorschlag. Wir schicken Ihnen eine Kutsche mit einer blauen Lampe und Musik, die Sie zu uns aufs Präsidium bringt. Was halten Sie davon?"

Emma Wouters sah Lucien böse an. Sie war es nicht gewohnt, dass man ihr widerspricht.

Lucien setzte sich einfach nieder und Juliette tat es ihm gleich. Gabriel Wouters hatte das Ganze wortlos mitverfolgt und bewies damit einmal mehr, wer das Sagen in der Familie hatte.

„Madame Wouters, Sie haben ganz vergessen, uns zu sagen, dass Sie einen Schwiegersohn haben."

Lucien hatte beschlossen, in den Frontalangriff überzugehen, und Juliette war ebenso davon überrascht wie Madame.

„Wie meinen Sie das?", kam brüsk die Antwort von Madame zurück.

„Nun, ich meine den älteren Herrn, der Ihre Tochter für deren liebevolle Art finanziell unterstützte."

Lucien hatte schweres Geschütz aufgefahren und damit einen Treffer erzielt. Madame schnappte heftig nach Luft.

„Haben Sie den Verstand verloren? Wissen Sie überhaupt, wen Sie vor sich haben? Ich werde mich über Sie beschweren."

In diesen Worten spiegelte sich die ganze Hilflosigkeit wieder, der sich Emma Wouters in diesem Moment ausgesetzt sah.

„Habe ich nicht - Sie sind eine aufgeblasene Frau, die vorgibt eine Dame zu sein – und beschweren können Sie sich, so oft und so viel Sie wollen. Und am besten gleich beim Herrn Minister. Ich hoffe, ich habe damit Ihre Frage zufriedenstellend beantwortet."

Lucien genoss jedes einzelne Wort. Wohl auch in dem Bewusstsein, dass er sich eigentlich schon im Ruhestand befindet, und dass man ihm die Pension nur schwerlich würde streichen können.

Emma Wouters war am Boden zerstört. Sie hatte in Lucien ihren Meister gefunden. Und in Gabriel Wouters Gesicht hätte man fast ein kleines Lächeln entdecken können.

„Können wir jetzt endlich zum Wesentlichen kommen?“, fragte Lucien, und nachdem kein Widerspruch erfolgte, fuhr er fort:

„Wussten Sie, dass Louise ein Verhältnis mit einem älteren Mann hatte? Und wenn JA, haben Sie ihn vielleicht sogar einmal kennengelernt?“

„Nein, Monsieur Commissaire, das wussten wir nicht.“

Es war Gabriel Wouters, der die Frage beantwortet hatte. Madame war noch zu sehr damit beschäftigt, ihre Contenance[19] wiederzulangen.

„Und warum haben Sie uns verschwiegen, dass Ihre Tochter in einer Entziehungsklinik war?“

„Weil wir uns geschämt haben, Monsieur Commissaire.“

Dieses Mal hatte Emma Wouters geantwortet. Ihre Antwort war leise und frei von Aggression. Sie hatte ihre Maske abgelegt, und hinter der Fassade trat eine verunsicherte, ängstliche Person hervor, die sie als junge Frau einmal gewesen war: Emma Martin, Tochter eines Bauern und einer Hausfrau aus Wallonien…

*****

---

19 Fassung, Selbstbeherrschung in einer schwierigen Situation

Die Befragung des Ehepaars Wouters hatte nicht wirklich etwas gebracht. Es war wohl so, dass sie von dem unbekannten Liebhaber ihrer Tochter nichts wussten.

Und dass sie Scham empfanden, weil sich ihre Tochter einer Entziehungskur unterziehen musste, ist durchaus nachvollziehbar.

„Diese Désirée ist der Schlüssel zu der Geschichte", sagte Lucien und Juliette pflichtete ihm bei.

Lucien nahm Léa beiseite und flüstere ihr zu:

„Toutou, könntest du dich in das Handy von Désirée reinhacken?"

„Kein Problem", antwortete Léa, *„ich brauche nur einen richterlichen Beschluss."*

Lucien sah Léa eindringlich an.

„Du willst, dass ich es ohne Beschluss mache..."

Lucien nickte.

„Den bekomme ich nicht ohne stichhaltige Beweise. Und die habe ich nicht."

„Du weißt aber schon, was das bedeutet", sagte Léa, *„der Procureur du Roi zerreißt uns in der Luft, wenn das herauskommt. Und unsere Karriere ist dann auch futsch."*

„*Keine Angst, Toutou*", erwiderte Lucien, „*ich sage dann einfach, ich hätte dir gesagt, dass ich die Bewilligung nachreiche. Damit bist du aus dem Schneider.*

Und was meine Karriere angeht, so habe ich meine schon längst hinter mir. Die kann mir niemand mehr zerstören."

Léa zögerte noch einen Moment und erlöste sodann Lucien mit den wunderbaren Worten: „*Ich mach es. Aber ich bräuchte dazu jedoch das Handy von Désirée.*"

„*Du bist ein Schatz, Toutou*", erwiderte Lucien, „*das werde ich dir besorgen.*"

Als Nächstes bat er Matéo, die Anrufliste von Désirées Handy zu besorgen und sie zu durchforsten. Lucien hatte einen vagen Verdacht, dem er nachgehen wollte.

Als Désirée dem Anruf von Juliette nachkam und am nächsten Morgen auf dem Präsidium erschien, staunte sie nicht schlecht, als sie CP Juliette Renard sie mit den Worten empfing:

„*Madame Lambert, ich nehme Sie hiermit fest wegen des Verdachts der Verschleierung einer Straftat.*"

Désirée verstand nicht, was ihr gerade geschah…

*****

Am nächsten Tag wartete eine weitere Überraschung auf Désirée. CDP Lucien Bertrand entschuldigte sich bei ihr mit den Worten:

„Ich bin untröstlich, Madame Lambert. Meine übereifrige Kollegin hat einen kapitalen Fehler gemacht, indem sie Ihnen Verschleierung einer Straftat vorgeworfen hat, was natürlich ein völliger Blödsinn ist.

Das wird disziplinare Maßnahmen nach sich ziehen; das können Sie mir glauben. Ich kann nur hoffen, dass Sie meine Entschuldigung annehmen, verehrte Madame Lambert."

Der schuldbewusste Blick, in Verbindung mit dem Charme eines älteren Herrn, und dazu noch ein kleines, feines Blumengebinde, bewirkten Wunder.

Désirée Lambert sah davon ab, Beschwerde einzureichen, was für Lucien sehr unangenehm hätte werden können.

Als Madame Lambert gegangen war, betrat Juliette das Zimmer und schüttelte den Kopf.

„Der alte Fuchs hat es noch immer drauf. Du weißt aber schon, dass das ein Ritt auf der Rasierklinge war."

„Ich weiß, ich weiß", erwiderte Lucien, *„aber jetzt haben wir, was wir wollten."*

*****

Die Auswertung der Anrufliste von Désirée Lamberts Telefon hatte ergeben, dass eine Nummer mehrere Male aufgeschienen war.

„Kannst du die Nummer jemandem zuordnen?", fragte Lucien seinen jungen Kollegen.

„Leider nicht, Luc", antwortete Mathéo, *„es handelt sich um ein Prepaid-Handy. Aber ich könnte die Nummer ja einmal anrufen. Vielleicht meldet sich der Teilnehmer."*

„Das wirst du schön bleibenlassen, Mathéo", erwiderte Lucien. *„Wir wollen das Wild ja erlegen und nicht aufschrecken."*

„Wie wollen wir stattdessen vorgehen?", fragte Juliette.

„Ich weiß es noch nicht, Juliette", sagte Lucien, *„ich habe einen schlimmen Verdacht, und ich hoffe sehr, dass ich mich irre."*

Die Abhöraktion von Désirées Handy brachte die Ermittler ein großes Stück weiter.

Der Kontakt zu der Prepaid-Handy-Nummer wurde leider nicht mündlich geführt, sondern per SMS.

„Seltsam", sagte Léa, *„bevor ich mich eingehackt habe, fanden die Kontakte noch sprachlich statt und nicht per SMS."*

„*Ich glaube, ich kenne den Grund*", erwiderte Lucien, „*es hat sicher nichts damit zu tun, dass du Désirées Handy gehackt hast.*"

Der Inhalt der SMSen war eindeutig: Es ging um Erpressung.

Désirée Lambert verlangte eine große Summe von ihrem Opfer und machte damit genau dort weiter, wo Louise Wouters zwangsläufig aufhören musste.

Es ging also um das besagte Video, das den Täter entlarven würde.

„*Wir brauchen unbedingt dieses Video*", sagte Mathéo. „*Warum verhaften wir nicht diese Désirée? Wir haben doch den Beweis, dass sie die Erpresserin ist.*"

„*Erstens können wir die SMSen nicht verwenden, weil wir uns damit selber strafbar machen würden*", erwiderte Lucien, „*und zweitens kämen wir so nicht an das Erpressungsopfer.*

Wir warten schön ab, bis es zu der Geldübergabe kommt."

„*Und was ist, wenn die liebe Désirée das Geld auf ein Konto überwiesen haben will?*", fragte Mathéo.

„*Darauf lässt sich das Opfer nicht ein*", sagte Lucien.

„*Und wieso nicht?*"

Lucien zögerte einen kurzen Augenblick, und dann sagte er mit leiser Stimme:

„Weil ich glaube, das Opfer bzw. den Täter zu kennen…"

*****

Lucien hatte recht behalten.

Das Erpresseropfer stimmte der Geldübergabe zu, unter der Bedingung, dafür das Video zu erhalten.

Die Übergabe sollte auf einem kleinen Waldparkplatz, etwas außerhalb der Stadt, vollzogen werden.

Lucien hatte sich mit einigen Kollegen schon zwei Stunden vor dem vereinbarten Übergabetermin in der Nähe des Parkplatzes versteckt.

Er selbst saß mit Juliette in einem alten VW-Bus, zusammen mit Léa und Mathéo, die sich als Wanderpärchen verkleidet hatten.

Sie sollten nach Eintreffen des Erpresseropfers mit ihrem Bus in dessen Nähe fahren, das Auto dort abstellen und danach aussteigen, um sich in Richtung Wald zu begeben.

Es war noch früh am Morgen und der Parkplatz war leer, bis auf ein Fahrzeug.

Das Erpresseropfer war schon eine halbe Stunde vor dem Termin erschienen und im Auto sitzen geblieben.

Fast pünktlich auf die Minute erschien dann Désirée Lambert. Sie stieg aus und blieb bei ihrem Auto stehen. Sie schaute sich nach allen Seiten um, und als nach ein paar Minuten nichts geschah, wollte sie schon wieder einsteigen.

Plötzlich ertönte ein Hupsignal. Es kam von dem einzelnen Fahrzeug. Ein Mann stieg aus und winkte Désirée zu. Er hielt ein Handy in seiner Hand.

„*Der Mann ruft Désirée an*", sagte Juliette und stellte ihr Handy auf „laut".

„*Haben Sie das Video dabei?*"

„*Ja. Haben Sie das Geld dabei?*"

„*Ja.*

„*Dann bringen sie mir das Video.*"

„*Nein, ich bleibe hier stehen und Sie kommen zu mir.*"

„*Also gut, dann komme ich jetzt.*"

Lucien klopfte Mathéo auf die Schulter.

„*Fahre jetzt los. Aber schön langsam. Und stelle das Auto nicht zu dicht bei den beiden ab.*"

Mathéo fuhr auf den Parkplatz. Er stieg mit Léa aus und sie schnallten sich ihre Rucksäcke auf den Buckel.

Dann schlossen sie das Auto ab und schlenderten gemütlich in Richtung Wald.

Das Erpresseropfer war kurz stehen geblieben, als das Auto gefahren kam. Als Mathéo und Léa im Wald verschwunden waren, ging er weiter auf Désirée zu.

Als er schon fast bei ihr angekommen war, hörte er eine laute Stimme:

„Hallo Lars!

Ich bin es, dein alter Freund Lucien.

Mach jetzt bitte keinen Blödsinn; du weißt, dass ich nicht allein bin."

Lars Peeters, Commissaire général und der Freund von Lucien, Commissaire divisionnaire de police a.D., blieb wie angewurzelt stehen.

Er drehte sich langsam um und sah einen Mann mit einem Megafon in der Hand. Und neben ihm eine Frau mit gezückter Waffe.

„Hallo Luc, hallo Juliette. Was macht ihr denn hier?"

*****

Lars Peeters hatte sich anstandslos festnehmen lassen. Er war lange genug dabei, um zu wissen, würde er zur Waffe greifen, würde er von einem Scharfschützen erschossen werden.

Er, wie auch Désirée Lambert, wurden aufs Präsidium gebracht und sogleich vernommen.

Befragung des Lars Peeters:

„Befragung des Lars Peeters. Anwesend sind der zu Befragende, sowie CDP Bertrand und CP Renard.

CTP Bertrand:
„Das ist der traurigste Tag in meinem Leben. Es fällt mir sehr schwer, die Befragung durchzuführen. Aber ich mache es dennoch aus Respekt zu einer alten Freundschaft, die so ein jähes Ende gefunden hat.

Monsieur Peeters, haben Sie Louise Wouters ermordet?"

Lars Peeters:
„Ja."

CTP Bertrand:
„Bitte, schildern Sie uns, wie es zu der Tat gekommen ist."

Lars Peeters:
„Louise Wouters hat mich erpresst. Das konnte ich nicht zulassen. Meine Karriere stand auf dem Spiel."

Lucien muss gegen die Tränen ankämpfen.

CTP Bertrand:
„Womit hat sie Louise Wouters erpresst?"

Lars Peeters:
„Mit einem Video."

CTP Bertrand:
„Was beinhaltet dieses Video?"

Lars Peeters:
„Das wissen Sie doch. Sie haben es ja gesehen. Es ist das Video, das im Besitz von Louises Freundin ist."

CTP Bertrand:
„Es gibt kein Video, Monsieur Peeters. Désirée Wouters hat nur gebluſft, Sie hat keine Kopie des Videos. Es gab nur das Original."

Lars Peeters schaut Lucien entsetzt an.

„Pech gehabt, Monsieur Peeters, wären sie Madame Lambert nicht auf den Leim gegangen, säßen Sie jetzt vermutlich nicht hier."

Die beiden Männer sehen einander lange und fest in die Augen.

CTP Bertrand:
„Warum, Lars?"

Lars Peeters:
„Ich war einsam, Luc. Aber das wirst du nicht verstehen können."

CTP Bertrand:
„Nein, das verstehe ich wirklich nicht. Du tust mir in der Seele leid…"

Lars Peeters:
„Grüße deine Alice lieb von mir, und sage ihr, ich werde ihren <Barsch wallonische Art> vermissen."

*****

Nachtrag:

Lars Peeters wurde zu einer lebenslangen Freiheitsstrafe verurteilt, und Désirée Lambert bekam ein Jahr auf Bewährung wegen versuchter Erpressung.

Lucien Bertrand kehrte wieder nach Huy zurück, wo er regelmäßig an der Maas seine Angel auswarf. In den aktiven Dienst kam er nie mehr zurück.

Er besuchte seinen alten Freund Lars immer wieder einmal im Gefängnis, wo er ihm nach langem Drängen irgendwann die Frage beantwortete, wie er auf ihn als Täter gekommen war.

„Als du mich zum Rapport gerufen hast, eigentlich nur, um mich auszufragen, hast du versucht, mir die Spur mit der Zeugin auszureden. Das war nicht der Commissaire Peeters, den ich kannte…

*****